無情の琵琶

戯作者《げさくしゃ》喜三郎覚え書

三好昌子

JN119834

○本表紙デザイン＋ロゴ＝川上成夫

無情の琵琶　戯作者《げさくしゃ》喜三郎覚え書　目次

序幕

——時波《ときなみ》を、越えて寄せくる海鳴りは、生生《しょうじょう》世世《せぜ》と響くなり。逢《あ》いたさ見たさに影を追い、探し求めて黄泉《よみ》の坂。帰りきたれと呼びかける、生生世世の風の声。生生世世の風の声……——

七月のその日、鴻鵠楼《こうこくろう》の入り口の横には、幾本もの興行の旗竿《はたざお》が立てられ、呼込み役の口上《こうじょう》とともに、青い瑪瑙《めのう》の空に勢いよく翻《ひるがえ》っていた。

旗には「時波の果て　生世《しょうぜ》の誓い」の文字が、白く染め抜かれている。それが芝居の題名だった。

正徳《しょうとく》四年（一七一四年）に、喜三郎《きさぶろう》は芝居小屋「鴻鵠楼」を手に入れた。

そうして、享保《きょうほう》十八年（一七三三年）、四十二歳になった喜三郎は、鴻鵠楼の小屋主であると同時に、「宝屋喜三治《たからやきさじ》」の名で、戯作者《げさくしゃ》としても京、大坂の文壇で、名を馳《は》せるようになっていた。

その宝屋喜三治の新作の芝居が、鴻鵠楼で興行されてから、すでに三月《みつき》が経《た》とうとしている。

将来を誓い合った女と死別した男が、女がこの世に再び生まれ変わってくるのを、ひたすら待ち続けるという話だ。

男はどんどん老いていく。それでも、今生《こんじょう》で再び出逢いたい。逢いたさ見たさに影を追い、探し求めて黄泉の坂。帰りきたれと呼びかける、「時波を、越えて寄せくる海鳴りは、生生世世と響くなり。生生世世の風の声」

切なさを込めたこの口上が、思った以上に人の心を摑《つか》み、未だに鴻鵠楼に通う客が後を絶たない。さらには、禁裏《きんり》の公家《くげ》や女房《にょうぼう》衆まで、お忍びで訪れるという噂《うわさ》まで流れている。

ことに「しょうじょうせぜ」の言葉の響きが、よほど心に残るのか、子供等までが、「生生世世の風の声、生生世世の風の声。時波を越えて寄せくる海鳴りは……」と、謡《うた》いながら洛中《らくちゅう》を駆け抜けていく。これが、さらに大きな宣伝効果を生んでいた。

「生生世世か……。確か、生まれ変わりのことやったな」

吉次郎《きちじろう》はそう言いながら、視線を鴻鵠楼の入り口から喜三郎に移した。二人は、鴻鵠楼の正面にある掛茶屋の店先に座っていた。

喜三郎には二人の兄がいた。長兄の孝一郎《こういちろう》と、次兄の吉次郎だ。孝一郎は実家の呉服屋を継いだが、吉次郎は、着物の意匠も手掛ける絵師だった。

「『生生世世』は、正法眼蔵《しょうぼうげんぞう》て経文《きょうもん》にある言葉どしてな。生まれ変わり、死に変わりが永劫《えいごう》に続く、ていうような意味や言うて、清韻《しょういん》和尚に教わりました」

その清韻は十五年前に他界していた。

喜三郎は兄の湯飲みに酒を注ぐ。それを見ながら、吉次郎は訝《いぶか》しそうに首を傾《かし》げた。

「兄《あに》さんは、この芝居が気に入らへんのどすか。世間ではこないに評判やのに」

喜三郎はわざと渋面《じゅうめん》を作る。

「そうやない」

吉次郎はゆっくりとかぶりを振った。

「芝居は大いに気に入った。胸が何やら熱うなって、俺としたことが、思わず涙まで流しそうになった」

「兄さんの泣き顔、見てみとおしたな」

喜三郎は満足そうに頷《うなず》いた。

「せやけどな」

吉次郎はすぐに真顔になる。

「この芝居、お前が書いたこれまでの戯作とは、少うし毛色が違《ちご》うとる。俺はそれが気にかかったんや」

「違う、て何がどす？」

戸惑いを覚えて、喜三郎は問い返した。

「わては、あの世とこの世の境目に、うっかり足を踏み入れたもんが出逢う、不思議や奇怪な出来事を書いてますのや。それが珍しいし面白い言うて人気が出た。それだけやない。時には、悲しい別れもあれば、報われぬ恋もある。それが世間の人々の心を摑んだんやて思うてます」

「それは俺かてよう分かっとる」

吉次郎は、言葉を探そうとでもするように、視線を喜三郎の背後へ泳がせた。

「今回は違う。この芝居には、なんや追い詰められたもんの切実な思いっちゅうもんがあるんや」

吉次郎はきっぱりと言い切った。

喜三郎は啞然《あぜん》として兄の顔を見つめるばかりだ。

「ただの芝居やない。これは、お前自身の話やないか、なんやそないな気がしてな」

「わて自身の、話、どすか……」

ぽつりと喜三郎は呟《つぶや》いた。

「せや。お前の話や。だいたい、お前は、その『生まれ変わり』ちゅうやつを、ほんまに信じてんのか?」

「信じとうおます」

喜三郎は吉次郎の突然の指摘に、戸惑いながらも答えていた。

「いや、心からそう願《ねご》うてますのや」

願う……。そうだ、この芝居は祈りなのだ、と喜三郎は思う。

「誰ぞ、逢いたいもんでもいてるんか?」

吉次郎は、興味深げに喜三郎の顔を覗《のぞ》き込んできた。

「まさか、あの芝居のように、生まれ変わってきて欲しいほど、惚《ほ》れた女子《おなご》でもいてたんか?」

「違います」

喜三郎は無理やり笑ってみせる。

「ただ、この世に生きているうちに、もう一度、逢いたいお人がいてるだけどす」

「生きているうちに……、て」

吉次郎は、独り言のようにその言葉を繰り返す。

「四十《しじゅう》も過ぎると、つくづく人の寿命てもんは、己の力ではどうもならんもんや、て考えるようになりましてな」

「お前は、ちゃんと夢を叶《かな》えた。鴻鵠楼を手に入れ、嫁を貰《もら》い、子供もできた。戯作者としても、今や宝屋喜三治の名前は、京だけやのうて、大坂にまで届いてる。せやけど」

それから、吉次郎は考え込むように両腕を組んだ。

「確かに、人の命だけは、どうもならん」

納得するように頷く吉次郎に、喜三郎はさらにこう言った。

「わてかて、この命がいつまで続くのかは分からしまへん。わての逢いたいて思てる人がこの世に生まれ変わるとしても、それまで、わての方が待っていられるか、どうか……」

この戯作が世に出れば、逢いたい人を、この世に呼び戻せるかもしれない。すでに戻っているならば、その魂の記憶に呼びかけることができるのではないか。

おそらく、それが、「時波の果て　生世の誓い」を書こうと思いついた理由なのだろう。

この世でやり残したことや、あの世へ逝ってから後悔するようなことはないか。考え抜いた末、喜三郎は、己が何を一番怖《おそ》れていたのか分かった気がした。

それは、心から「逢いたい人」に逢えないまま、己がこの世を去ることであった。その不安が、知らず知らずのうちに膨《ふく》らんで、戯作の中に表れてしまったもののだろう。

「生生世世のあの芝居は、まさに、わての祈りそのものなんどす」

そう言った喜三郎に、吉次郎は、珍しく真剣な顔を向けてきた。

「逢《お》うたかて、その人がお前を覚えてるとは限らへんやろ」

「逢えたら、それでええんどす」

喜三郎は声を強めた。

「ただ、そのお人の、幸せに暮らしてはる姿を見られたら、それだけでええ、てそない思うてます」

「ほう、それが当代切っての戯作者、宝屋喜三治の心からの望みなんやな」

吉次郎は呆《あき》れたような顔でかぶりを振ったが、すぐにこう続けた。

「俺はお前については、大概のことは知っとる」

「兄さんには、随分世話になってます」

喜三郎は芝居がかった仕草で、深く頭を下げた。

吉次郎には、これまで幾度も、舞台の衣装やら背景やらの意匠を手伝って貰った。

「つまり、お前は、兄の俺も知らへん秘密を持ってる、てことやな」

「秘密やなんて、そない大仰《おおぎょう》な……」

喜三郎は、両の掌《てのひら》を吉次郎に向けて苦笑する。

「誤魔化《ごまか》すんやない」

吉次郎は断固とした態度で言った。

「いったいどこのどいつが、俺の弟をそこまで惚れ込ませたんや」

白状せえ、そう言って、吉次郎は右手の拳《こぶし》を喜三郎の胸に押し当てた。

壱《いち》ノ演　鴻《こう》鵠《こく》楼《ろう》の怪《かい》

其の一　緋《ひ》衣《え》の沙門《しゃもん》

正徳《しょうとく》四年（一七一四年）、六月上旬のある朝早く、喜三郎《きさぶろう》は父親の部屋に呼ばれた。今度はなんの説教かと思ったら縁談だった。

「喜三郎、お前ももう二十三や」

呉服を商う「多嘉良屋《たからや》」の主人、富之助《とみのすけ》は、おもむろに煙管《きせる》を取って、ぷかりと一つ白い煙を吐いた。

「へえ、そのようどすなあ」

いつも通り、のんべんだらりと返答をする。この時、喜三郎は、どうせ何か仕事を見つけて働けと言うのだろう、ぐらいにしか考えていなかった。

富之助はじろりと息子を睨《にら》んでから、また一つ、煙を吐いた。太り気味の身体《からだ》、腹の辺りが太鼓のようにせり出している。五十を二、三、過ぎたところだが、肌には皺《しわ》はほとんどなく、艶《つや》も良い。富之助は食道楽ではあるが、あまり酒は嗜《たしな》まない。煙草《たばこ》も、機嫌が良くない時に吸うぐらいだ。

つまり、もっぱら喜三郎に説教をする時に限られる。

母親のお松《まつ》は小間物屋の娘だった。小町娘と言われるほどの器量良しであったが、身体が弱かったせいもあり、三番目の息子、喜三郎を産んで間もなくこの世を去った。

喜三郎は、幼少期を母親の実家で育てられた。不憫《ふびん》がる祖父母に甘やかされたせいで、すっかり怠《なま》け者に育ったと、富之助がよく周囲に零《こぼ》しているのは、喜三郎も知っていた。

長男の孝一郎と次男の吉次郎は、ともに父親の自慢の息子だった。孝一郎は、多嘉良屋の後継者として、父親をしっかり支えている。算に明るく、発想も豊かで、近年の多嘉良屋に貢献していることは、富之助ばかりか、店の者全員が認めるところであった。

吉次郎の方も、早くから絵の才を発揮し、今では新作の着物の意匠を手掛けている。兄の孝一郎と阿吽《あうん》の呼吸で、多嘉良屋を守《も》り立てていた。

それに引き換え、三男の喜三郎は……。

「芝居見物にばっかり明け暮れて、お前の頭には遊ぶことしかあらへんのやろ」

それが富之助の不満であった。

お松が亡くなった後、失った娘の身代わりとばかり、お松の両親は強引に乳児の喜三郎を引き取っていった。富之助には、未だにその時のことがわだかまりになっているようだ。

芝居好きは、祖母のお豊《とよ》の影響だった。幼い頃から四条《しじょう》の矢倉《やぐら》芝居に通い、いつしか、すっかり芝居の虜《とりこ》になってしまった。

十二歳の時、祖父母が相次いで他界した。家は伯父の一家が引き継ぎ、喜三郎は実家に戻された。

これまでにも、しばしば多嘉良屋を訪れてはいたが、いざ戻っても、喜三郎には自分の家だという実感が湧いてはこない。二人の兄たちが意地悪だった訳でもなかったが、どうしても馴染めなかった喜三郎は、よく家を抜け出しては四条の芝居小屋へ通った。

小屋主の中には、お豊と顔見知りの者もいた。お豊に連れられて、しょっちゅう小屋の中を見物していた喜三郎は、「喜三《きさ》ぼん」と呼ばれて、役者たちからも可愛《かわい》がられていたのだ。

孝一郎から算盤《そろばん》や商売のいろはを学ぶよりも、芝居小屋にいる方が、喜三郎の肌に合っていた。今となっては、役者は無理だが、何か芝居に関わる仕事をしたいと密かに考えてもいる。

もっとも、それを口に出して言う訳にはいかなかった。なぜなら……。

この年の三月、幕府老中、阿部正喬《あべまさたか》によって、芝居関係者の内情が調べられた。これに伴い、京に於いても、四条河原の定《じょう》芝居小屋の粛正《しゅくせい》が計られた。本来は、小芝居小屋にはあってはならない二階桟敷《さじき》を持つ小屋が現れ、衣装もしだいに派手になっていたからだ。

五月三十日には、ついに宮地《みやち》芝居に禁令が出されている。元々、幕府は風俗の乱れに厳しい。正徳元年（一七一一年）の五月にも、風俗の統制についてのお触れが出ていた。

小芝居の中でも、寺社の境内《けいだい》で興行する小屋は宮地芝居と呼ばれる。どちらにしても、幕府支配の矢倉芝居とは、その扱いに格段の差があった。

一つの興行の日数は百日までと決められ、小屋は簡便であること、当然、二階桟敷などもっての外《ほか》。客席に屋根は造れない。引幕も許されず緞帳《どんちょう》に。舞台や衣装も、決して大芝居を超えるものであってはならない。

今回の禁令では、本来の神事や法会《ほうえ》に関する物、また勧進相撲《かんじんずもう》、納涼の際の芝居や見世物に限り許されていた。

しかし、禁令が、今後、どこまで及ぶのか分からない。内容からすれば、小芝居も宮地芝居も、興行する場所が違うだけで大差がないのだ。お上《かみ》が「同じ物」と考えれば、それまでだ。

そんな折に、芝居の戯作が書きたい、などと言おうものなら、雷を落とされるぐらいでは済まないだろう。

「喜三郎、お前、所帯を持て」

いきなりそう言って、富之助は、ポンと煙管《きせる》で煙草盆を叩《たた》いた。

「所帯て、誰がどす？」

自分でも随分間抜けな返事だと思ったが、この時の喜三郎は、驚くよりも呆気《あっけ》に取られたのが先だった。

兄たちも嫁を貰ってはいない。孝一郎には縁組の話は来ていたが、まだ決まった訳ではない。吉次郎については絵を描くのに忙しく、嫁の「よ」の字も、本人の頭にはなかった。

「兄さんたちよりも先に、わてに嫁を取るて、どういう料簡《りようけん》なんどす？」

富之助が何を考えているのか、全く分からない。

「阿呆《あほ》、誰が嫁を貰えて言うた」

富之助は不機嫌そうに眉《まゆ》を寄せた。

「せやけど、たった今……」

　喜三郎はすっかり面食らってしまった。

「嫁取りやない。お前が婿《むこ》に行くんや」

「婿？　入り婿てことどすか？」

「せや、お前が貰われる側《がわ》や」

　思わず息を呑《の》んだ。考えてもみなかったことだ。

「お父はん、それは困ります」

　慌てて両手を突き出すと、ひらひらと左右に振った。

「わてには、やりたいことがおます。身を固める気はあらしまへん」

「せやから、何がやりたいんや？　言うてみ。芝居に関わる仕事以外で、やりたいことがあるんやったら、無理にとは言わん」

　芝居に関わる仕事以外……。面と向かって言われては、もはや喜三郎には返す言葉がなかった。

「お前の年を考えたら、遅いくらいや」

「せやけど、兄さんたちは……」

「孝一郎や吉次郎は、放っておいたかて、幾らでも嫁の来てはある」

　不機嫌そうに富之助は言い放つ。

「相手は三条堺町《さかいまち》の酒屋、『一蝶堂《いっちょうどう》』の娘さんや。器量がええ上にしっかりもんで、一蝶堂も切り盛りしてはる。それに、京中で評判になった酒……」

「『孤蝶《こちょう》の夢』どすか？」

「せや、あの酒を売り出したんも、その娘さんの考えや。商才に長《た》けとるし、お前にはもったいないくらいの女子《おなご》や」

「それやったら、丁重にお断りをして……」

言いかけた喜三郎の口を、富之助は眼力でねじ伏せる。

「年は確か、お前よりは一つ上……」

「それやったら二十四どす。薹《とう》が立ちすぎどすやろ」

「せやから、お前みたいなぐうたらでも話が来たんや。ありがたく受けたらどうや」

娘の名前は千夜《ちや》と言い、一蝶堂の跡取り娘だった。母親は早くに亡くなっていて、父親の宗兵衛《そうべえ》は後妻を貰っていた。後妻との間に男児を一人、儲けていたが、跡継ぎは、千夜と決まっていた。

その理由が……。

「宗兵衛はんは入り婿やったんや。やはり一蝶堂は、代々の血筋を持つもんが継いだ方がええ。それで千夜さんが婿を取ることになった」

後妻の産んだ息子の宗太郎《そうたろう》には、大坂の出店を任せているのだという。

「せやけど……」

喜三郎はさらに食い下がった。

「一蝶堂の千夜さんには、噂が……」

「噂？　あのろくでもない噂話か」

ふんと富之助は鼻先で笑った。

「六年も前に、少々人の口の端《は》に上ったくらいの話を、お前は信じてんのか？」

呆れたように富之助は言った。

「とにかく、今のままだと、千夜さんは生涯独り身を通しかねん。それで焦った宗兵衛はんが、どこぞに、年頃の釣り合う婿はいないかと探してはるんや」

富之助は茶の湯の会で、彦右衛門《ひこえもん》からその話を聞いた。茶道具屋「霧雨堂《きりさめどう》」の主人、彦右衛門は、一蝶堂の宗兵衛と付き合いがある。それもあって、婿探しを引き受けたのだ。

「よう分かりました。ちゃんと考えてみますさかい、返事は少し待っておくれやす」

喜三郎はやっとの思いでそれだけを言うと、正座で痺《しび》れ切った足をなんとか奮い立たせ、父親の面前から逃げ出した。

（千夜やて？）

そのまま家を出た喜三郎は、胸の内でぶつぶつ呟きながら通りを歩いていた。多嘉良屋は、東西に走る二条《にじょう》通と南北の烏丸《からすま》通が交わる辻にある。二条通に面した側と、烏丸通側に入り口を持つ店構えで、客も呼び込み易い立地だった。

（選《よ》りに選って千夜女《じょ》とは……。親父様は、ついにわてを殺す気になったんやろか）

出来の良い息子が二人もいるのだ。今さら能無しの末っ子がいなくなったところで、多嘉良屋は何も困りはしまい。

つい物騒な考えが頭を過《よぎ》り、喜三郎は、六月だというのに思わず身震いをしていた。

「一蝶堂の千夜」……。京の若い衆の間では、今一つの不名誉な呼び名がある。それが、「婿殺しの千夜」だ。

べつに千夜が男を殺した訳ではない。だが、なぜか、千夜との縁組が決まった男が早世《そうせい》するのだ。

千夜が十六歳の時、最初の縁談がまとまった。相手は二十歳《はたち》の大店《おおだな》の次男坊で、当然、婿入りの予定だった。

話が決まった数日後、男は市で暴れ馬に遭遇し、蹴られたのが致命傷となって命を落とした。

次の縁談は十八の時だ。

話は順調に進んだが、婚礼を数日後に控えたある朝、相手の男が目覚めることはなかった。眠っているうちに、心の臓が止まってしまったらしい。

二度も続いた不幸に、千夜は婚姻を諦めたのかもしれない。家の商売に身を入れるようになり、一蝶堂は益々《ますます》繁盛した。

その千夜も二十四歳になった。どうしても娘に婿を取りたい宗兵衛は、ついに最後の賭けに出たようだ。

――相手に多くは望ましまへん。ただ、丈夫でありさえすれば……――

という話だったのかどうかまでは、推測でしかない。

――それやったら、多嘉良屋の三男坊はどうでっしゃろ。毎日、楽しゅう、遊んで暮してはります。ぐうたらでも様子がええ。身体かて丈夫そうや――

確証はないが、おそらくそんなところではないだろうか。

「婿殺しの千夜」の噂は、ほんの一時《いっとき》、京中で囁《ささや》かれていたが、ひと月もしない内に消えてしまった。噂話が三度の飯よりも好きな都の京雀《きょうすずめ》も、さすがに、婚姻前の娘の将来に響くような流言に、抵抗があったのだろう。

だが、婿に選ばれる側の男等にとっては、聞き流せるものではなかった。そのため、この噂は、まるで地下を流れる水のように、若い衆の間のみで語られるようになった。

――器量はええ上に、大店の一人娘や。縁談が来たら、なかなか断れるものやない。次に白羽の矢が立つのは、どこの誰やろ――

まるで百物語の一つのように、その話で酒の席は盛り上がった。

（まさか、わてに矢が飛んでくるとは……）

そんなことを思いながら、喜三郎は、ひたすら烏丸通を下って行った。押小路通《おしこうじ》を越え、御池通《おいけ》を過ぎたその先の姉小路《あねやこうじ》に入る手前に、古寺がある。「妙音寺《みょうおんじ》」というその寺を、喜三郎は目指していた。

寺には、「清韻《しょういん》」という六十半ばの僧侶がいた。喜三郎が子供の頃、読み書きと論語の素読《そどく》を教わったのも、この和尚だ。

清韻和尚は、あまり出来が良いとは言えない喜三郎を、辛抱強く指導してくれた。喜三郎の家の事情もよく把握している。喜三郎の「戯作を書きたい」という密かな夢も知っていた。おそらく、この京で、喜三郎をただの「ぐうたら」だと思っていないのは、この和尚だけであったろう。

「御坊《ごぼう》、いてはりまっか」

門を潜《くぐ》ると、本堂脇の庫裏《くり》へと向かった。玄関先で声をかけたが、返事はない。戸は開いている。それに、清韻が留守をすることはめったになかった。最近は、年を理由に檀家《だんか》を回ることもなくなっている。それでも、檀家や近隣の人々からこの寺が重宝《ちょうほう》がられているのは、清韻和尚が「心魔《しんま》の祓《はら》い」を行ってくれるからだ。

人の心の中心には、心座《しんざ》という小部屋があるらしい。その部屋を清らかに保っていれば、「神仏」が宿る。ところが、邪念で満たされてしまうと、「魔」が棲《す》みつくのだと言う。

心座に魔が棲めば、悪行も平気で為し、時には人殺しさえ躊躇《ちゅうちょ》なく行うようになる。

ゆえに心魔は祓わねばならない、と和尚は言った。心を清めれば、自ずと魔は退散する。そのために、和尚は笛を使った。

霊妙な笛の調べが、心に棲みついた魔を追い出すというのだが、当然、それは清浄な人の息で吹かれた音でなければならない。

そこで、日々の、たゆまぬ修行が必要となるらしい。

さすがに喜三郎は半信半疑だ。とんだ眉唾《まゆつば》もんや、と思ってもいた。何しろ、清韻和尚は無類の酒好きだ。しかも、それを周囲に隠そうともしない。

——酒は米で作る。米には神の力が宿っておる。その神気《しんき》を頂くことで、心気を養う。まさに、酒は百薬の長――

それが口癖だが、喜三郎から見れば、ただの大酒飲みだ。しかも憎らしいことに、相当強く、これまでどれほど飲ませても、大概、酔いつぶれて眠ってしまうのは喜三郎の方だった。

「魔、て何どす?」

酔った勢いで尋ねたことがある。

「悪霊、邪霊……。呼び方はいろいろあるが、つまり、生き人に取り憑いて、不運や不幸を招くもんのことやな」

「ほな、死神や貧乏神は?」

「曲がりなりにも神さんや。丁重にお願いしたら退散してくれはる。南無阿弥陀仏、南無阿弥陀仏」

「なむあみだ、て、相手は神さんどっしゃろ」

全くもって、訳が分からなかった。

そんな清韻を頼ろうと考えたのは、今の喜三郎が身の危険を感じていたからだ。

富之助は、どうやら本気で喜三郎を一蝶堂の婿にしたいらしい。

まだ所帯を持ちたくなかったこともあるが、何よりも、「千夜の三番目の婿」には、なりたくなかった。

（幾ら千夜が別嬪《べっぴん》かて、この若さで死にとうはない）

喜三郎なりに、それは切実な思いであった。

「ほんまに留守なんやろか」

玄関の戸を開けたまま、外に出るのも物騒な話だ。金目の物はなくても、古物屋に持って行けば売れそうな品くらいはあるだろうに。

妙音寺の境内は結構広い。町中でありながら樹木も多く、蟬の声もジュワジュワと耳に煩《うるさ》い。

急いだせいで、額にはうっすらと汗が浮いていた。風も止まっている。庫裏の奥の座敷は中庭に面していて涼しい。それを知っている喜三郎は、中で待たせて貰おうと、草履《ぞうり》を脱いだ。

チリン……。風もないのに風鈴が鳴った。その直後、バラバラと雨の降る音がした。慌てて振り返ると、薄暗い玄関口の向こうは真昼間《まっぴるま》の明るさだ。葉の茂った木々の枝を通して日の光が差し込み、苔生《こけむ》した石畳の上に複雑な線画を刻んでいた。

不審に思いながら、喜三郎は玄関の小座敷に踏み込んだ。廊下へ出ると目の前に中庭が広がる。庭を挟んで客間にしている奥座敷が見えた。その時、縁先に座る一人の人物の姿が、目に飛び込んできた。

チリン、と再び風鈴が鳴った。その人物は膝の上に何かを抱えている。どうやら、琵琶《びわ》のようだ。琵琶は膝の上に立てて載せられていた。

ならば、この者は琵琶法師なのだろうか？

ふと気がつけば、あれほど鳴いていた蟬の声が聞こえない。その時、弦《げん》を押えていた琵琶法師の左手の指が、まるで生き物のように素早く上下に動いた。

バラン、と右手の指が弦を鳴らした。一瞬、音が止まり、再びバラバラバランと琵琶が鳴った。どうやらバチは使わない奏法のようだ。右手の指が忙《せわ》しなく動いている。細くしなやかな、その動きに目を奪われながらも、喜三郎の好奇心はすぐに奏者を捉えていた。

（いったい、何もんや。男か、それとも？）

じっと両目を閉じ、顔をやや俯《うつむ》けている。秀でた額と、太くスッと伸びた形の良い眉、鼻梁《びりよう》は細く唇は薄い。頰《ほお》から顎《あご》にかけての線に力強さがある。

（やっぱり男やな。それにしても……）

喜三郎は茫然《ぼうぜん》として男を見つめた。男は墨染の僧衣を着ていた。下に着るのは、通常は白衣《びやくえ》だ。しかし、衿《えり》と裾《すそ》から覗いているのは、それは鮮やかな緋色《ひいろ》であった。

しかも、琵琶法師のくせに髪が長い。漆黒《しつこく》の髪が額の真ん中で左右に分かれ、肩先から流れ落ちている。それが妙に艶めいて見えた。

佇《たたず》まいはとても静かで、弦をかき鳴らす指先だけが驚くほどの速さで動いている。

喜三郎は、晩夏の暑さも忘れてその音色に聞き入っていた。

庭にも雨が降っていた。それなのに、明るい日が差している。雨粒が妙にゆっくりと落ちてくる。白珠《しらたま》のようなその雨粒が、木の葉に当たって砕け散る様まで見えるようだった。

風に漂う花の匂いがとても強く感じられた。とうに時期は過ぎているのに、茂った緑の葉の間から、桜が薄桃色の花を次々に咲かせていた。さらに紫陽花《あじさい》の色が、雨に打たれて溶けていくようだ。

和尚自慢の紅梅と白梅も、仲良く並んで花開いていた。池の側の菖蒲《あやめ》は濃紺の色を湛《たた》え、前栽《せんざい》の一群れの躑躅《つつじ》も朱に染まっている。

苔生した岩の傍《かたわ》らに、黄色の小菊が咲いていた。風が吹き、青緑の小笹が揺れて、雨粒を辺りにまき散らす。

それは、四季が同時に庭に現れたような光景だった。自然が奏でる命の音を、琵琶の音《ね》が優しく包み込んでいる。まるでこの庭が仙界に通じているような気がした。

（あかん、雪まで見える）

雨の音が止《や》んだかと思うと、今度は雪片まで舞っている。梅も桜も紫陽花も、菖蒲にも、フワフワと真綿が降りかかっていた。

何もかもが白い。意識がふっと遠くなりかけた、その時……。

バンッと強く背中を叩かれた。

「気をしっかり持て。でないと、魂を持っていかれるえ」

清韻の声が耳元で響いた。

「あっ」と声を上げた途端、蟬の声が耳に突き刺さった。

気がつけば、目の前は、見慣れた妙音寺の夏の庭だった。軒下に吊るした風鈴が、チリーンと鳴っている。風が頰を掠《かす》めて通り過ぎていった。

隣に清韻がいた。長身瘦軀《そうく》、その声には若者のような張りがある。

「御坊」

喜三郎は、すぐに向かいの縁先を指さした。

「あれは、何どす？　いえ、誰どすか？」

慌てて言い直してから正面を見ると、いつの間にか、あの琵琶法師の姿が消えている。

どうやら、奥座敷に入ったようだ。簾《すだれ》が下りているので、中は良く見えない。

「いったい、今のは……」

　と言ってから、喜三郎はかぶりを振った。

（あり得へん）

　咄嗟《とっさ》にそう思った。昼の日中《ひなか》に夢を見ていた。それも立ったまま……？

「今のが神音《しんおん》や。さすがは無情《むじょう》はん。わしなんぞ、まだまだやな」

　清韻は独り言のように呟くと、喜三郎ににこりと笑いかけた。

「良かったな。わしの帰りが早《はよ》うて。後、少し遅かったら、お前の魂はその身体から飛び出して、庭の中をふらついておったやろ」

　からかうように清韻は言った。

「待っておくれやす。魂が飛び出す、てどう言うことどす？」

　尋ねると、「まあ、待て」と清韻は喜三郎を制した。

「後で話してやる。それよりも、大事な客人が来てはんのや。酒が切れてたさかい、買いに行っててた」

　清韻は、提げていた酒徳利《さかどっくり》を喜三郎の前に掲げてみせる。一升は入っていそうな徳利には、「一蝶堂」と「孤蝶の夢」の文字が書かれてあった。

「あ、せや、一蝶やっ」

　思わず声が出て、喜三郎は寺へ来た理由を思い出した。

清韻は、酒の徳利を喜三郎に持たせると奥の座敷に向かった。一升徳利はさすがに重い。清韻が、これを軽々と持っていたことを思い出して、今更ながら舌を巻いた。

清韻の行動は、子供の頃から当たり前のように受け入れてきたが、例の「心魔の祓い」といい、やはり、どこか怪しい。何よりも、あの不思議な琵琶を弾く男を、客として寺に迎えているのだ。

(ほんまに、何もんやろ)

なんとなく胸の動悸《どうき》が激しくなる。

「琵琶法師の無情殿や。わしの大切な友人や」

清韻は、やけにあっさりと紹介した。好奇心が疼《うず》いていただけに、喜三郎には物足りない。

「多嘉良屋て、呉服屋の三男坊でな、喜三郎て男や」

「よろしゅうに」

と、喜三郎は頭を下げた。下げながら、ちらりと上目使いで琵琶法師を見る。

(えらい綺麗《きれい》な男やな)

改めて見ても、そう思えた。年の頃は二十五か六ぐらい。これで清韻の「友人」

というのは到底信じられない。

（しかも、名前は無情や）

どこか冷たい印象を受けるその名前通り、男はにこりともしないで喜三郎を見ている。

琵琶は大事そうに抱えたままだ。

（薩摩《さつま》琵琶や平家琵琶とも違う。楽《がく》琵琶に似とるけど、それよりも小振りやな。四弦の四柱《じゅう》。弦がえらい細い。これやとバチでは弾けん。すぐに切れてしまうやろ）

琵琶ばかり見ていたので、無情の視線が、ずっと己に向けられていることに気づいたのは、しばらく経ってからだった。

無情は不思議な目の色をしていた。黒というより黄褐色に近い。

（なんや、鼈甲飴《べっこうあめ》みたいやな）

丸い形が余計そう思わせる。

「目、見えてはりまっか？」

問いかけてから、（しもた）と後悔した。随分、不躾《ぶしつけ》な問いだと思ったからだ。

突然、無情が笑い出した。すると、氷が解けたように優しい顔になった。

「すんまへん。琵琶法師ていうのんは、目の見えへんお人がやるもんやと思うてたさかい」

喜三郎はぺこりと頭を下げる。

「無情はんの目は、誰よりもよう見える。お前さんの心の奥底まで見通してはるわ」

清韻も釣られるように笑った。

「見なくてもよい物まで見てしまう。不便な目には違いあるまい」

そう言った声が、深山《しんざん》の湧き水のように澄んでいて美しい。

「ほれ、早《はよ》う酒を差し上げるんや」

清韻に言われて、喜三郎は慌てて湯飲みに酒を注ぐ。

「京の銘酒の一つや。無情はんに飲んでいただきとうて、少々遠出をした。すっかり待たせてしもうた。堪忍やで」

清韻は実に機嫌が良さそうだった。よほどこの客の訪問が嬉しかったのだろう。

しかし、と喜三郎は首を傾げる。

(この二人、どういう知り合いなんやろ)

六十代の清韻と、二十代の無情。親子ほどの年の差があるにも拘《かかわ》らず、笑顔で酒を酌み交わすその様子は、やはり旧知の友のように見える。

「それで、お前さんはいったい何の用件でここへ来たんや」

それまで、京の最近の様子を無情に語っていた清韻が、喜三郎に尋ねてきた。

いきなり問われて、一瞬、何を言えば良いのか分からなくなった喜三郎だったが、目の前にでんと置かれた一升徳利を見た途端、すぐに「一蝶堂」を思い出していた。

「今朝、親父様から縁組の話が出たんどす」

勢い込んで、喜三郎は清韻に言った。

「ほう、それは、また目出度《めでた》い話や」

清韻はあまり感情のない声で言った。どうやら驚きが先に来たらしい。

「考えてみれば、嫁を貰《もろ》うてもええ年や。せやけど、今のお前の生き方やと、嫁御が苦労するんやないか」

清韻は真っ当なことを言う。

「わてもそない思います。せやけど嫁取りとは違います。婿入りどすねん。その相手と言うのんが……」

喜三郎は一升徳利を指差すと、「一蝶堂の千夜さんなんどす」と一息に言った。

「一蝶堂の千夜……、つまり『婿殺しの千夜』なんどす。わては、まだ死にとうはおへん」

必死の思いで訴えた喜三郎に、清韻は呆れたような目を向ける。

「物騒なことを言うんやない。例の不幸は真《まこと》に気の毒やが、千夜に罪はあらへんやろ。偶然が二度重なった不運な女子や。酷《むご》い噂話を信じるんやない」

「ほな、三番目の婿でも無事で済むて、太鼓判を捺《お》してくれまっか」

喜三郎に、引き下がる気は毛頭《もうとう》ない。

「嫌《いや》やったら、きっぱり断ったらええやないか」

「言いました。わてかて、まだ身を固める気はおへん。そない言うたら、親父様は、『何がやりたいんや、言うてみ』て……」

「言うたらええ。お前は、芝居の戯作者になりたいんやろ」

「親父様は、『芝居に関わる仕事以外に、あるんやったら』て……」

「つまり、芝居絡みは許さへん、てことやな」

やっと、清韻は喜三郎の胸の内を理解したようだ。

「どうか、親父様を止めて貰えしまへんやろか」

喜三郎は清韻に懇願した。

「御坊の話やったら、親父様も聞いてくれはるんやないか、て」

うむと清韻は考え込む様子を見せてから、その視線を無情に向けた。

「どない思われます」

無情は抱えていた琵琶をピーンと弾《はじ》くと、一言こう言った。

「その縁談、受ければ良い」

「ハッ」と喜三郎の口から息が漏れた。

「あんさん、わての話、ちゃんと聞いてはったんどすか？」

喜三郎は座ったまま膝を進めると、無情の傍らに近寄った。

「わてにとっては、生きるか死ぬかの……」

「そなたより、その女人を救わねばなるまい」

無情は喜三郎の言葉を遮《さえぎ》るように言った。

「苦しんでおるのは、その千夜という女子の方だ」

喜三郎は啞然として無情を見る。

「なるほど。確かにそうや」

清韻は無情の言葉に納得したのか、急に険しい顔を喜三郎に向けた。

「ともかく、縁談を承知するんや。後のことは、無情はんに任せたらええ」

「任せるて……」

（琵琶法師に何ができるて言うんやっ）

心で叫んだが、無情にも清韻にも聞こえる筈はなかった。

其の二　千夜

「ほな、この縁組、進めてもええんやな」

その日の夜、富之助の居室で、喜三郎は神妙な顔で婿入りを承諾していた。

「へえ、わてもその方がええんやないか、て思うようになって……」

どうしても、語尾になるに連れ、もごもごした言い方になってしまう。

「なんや、はっきりせえへんなあ。中途半端な気持ちやと、向こうさんにも失礼になる」

富之助はいつも以上に厳しい口ぶりになった。

(ほんまに、これでええんやろか)

清韻に説得された形で承諾したが、喜三郎はどうしても不安を拭《ぬぐ》えない。

何よりも腹立たしいのは、あの「無情」だ。

――そなたより、その女人を救わねばなるまい――

(切羽詰まっとるんは、こっちや。なんで「婿殺しの女」の心配をせなならんのや)

そう思いつつも、千夜が苦しんでいる理由も気にかかる。

――取り敢えず縁を結ばんことには、向こうの心の中には入っていかれへん――

清韻はそう言った。

――ほんまに婚姻にまで至るかどうかは、なんとも言えん。第一、千夜が、お前を婿に欲しがるかどうか、分からへんやろ――

確かに、一蝶堂の方から断ってくるかもしれない。喜三郎はその望みに賭けることにした。

「わても、ちゃんと身を固めとうおす」

地獄の閻魔《えんま》に舌を抜かれる、と思ったが、僧侶がそうしろと言ったのだから、よもや自分が罪を被ることはあるまい。ここは芝居で乗り切ろうと、喜三郎は、孝行息子になった気分で応じた。

この後は、富之助が事を進めていくだけだ。間に立った霧雨堂の彦右衛門に返事をし、それから一蝶堂へと話が伝わる。

――まあ、二、三日はかかるやろ――

一蝶堂の主人にしても、娘の相手の身上に関心があるやろし、と富之助は言った。

果たして、主人の宗兵衛は、喜三郎のことをどう思うだろう。芝居が好きで、戯作を書きたがっている以外に、さほど悪行を働いた訳でもない。母親似の容姿が災いして、仲間によく祇園界隈《ぎおんかいわい》に連れ出されるが、それは「喜三郎がいれば、ええ女子が寄ってくる」という、実に「しょうもない」理由からだった。

只酒《ただざけ》が飲めるので付き合いはするが、実際のところ、女で失敗したことはない。そういう意味では、喜三郎は至って真面目《まじめ》に日々を送っていた。

「それにしても……」

居室に戻り、畳の上に仰向けに寝転ぶと、喜三郎は改めて妙音寺での出来事を思い出していた。

怪しい琵琶法師の奏でる琵琶の音と、見る見る内に様子を変えていった中庭の情景……。季節も何も関わりなく、琵琶に誘われるように、庭には命が満ち溢《あふ》れ、それぞれが己の存在を主張しているようだった。

降り出した雨粒の一つ一つが、木の葉や地面に触れて弾んでいる。幻の筈なのに、今も目を閉じれば、琵琶の不思議な調べが全身を満たし、己の心までが、あの雨粒になって飛び跳ねているような気がした。

雨が雪に変わると、たちまち庭は閉ざされる。あの時、喜三郎は雪に埋《うず》もれて、今にも眠りにつくような感覚に陥っていた。

――気をしっかり持て。でないと、魂を持っていかれるえ――

清韻に背中を叩かれなければ、本当に魂が離れていたかもしれない。

（聞くのをすっかり忘れていた）

あの幻も、琵琶法師のことも……。分かったのは「無情」という名前と、清韻の友人だということだけだ。

「まあ、ええ。この縁談の始末、どう付けるんか、見届けてからでも遅うはない」

喜三郎は己に言い聞かせる。

（せやけど、えらい器量のええ男やったな）

琵琶法師か……、と胸の内で呟いた。

芝居を書いて、役者に演じさせるのが喜三郎の夢だった。だが、無情を見てから、何やら頭に閃《ひらめ》くものがあった。

（舞台の上で、琵琶の語りをやらせたらどないやろ）

少し変わった琵琶ではあったが、あの声の良さなら、誰もが聞き入るだろう。それこそ、見る者は魂を奪われるかもしれない。

（面白いやないか）

名案だとばかり、ぽんと手を打ち、それから喜三郎はじっと考え込んだ。

この話に、あの無情が乗ってくるとは、到底思えなかったからだ。

芝居小屋は何も四条橋近辺にあるだけではない。期間が決められていたが、寺社の境内には宮地芝居の小屋が、また、矢倉芝居とまではいかないが、小芝居の小屋もある。

その中に、さすがに歌舞伎は無理だが、旅芸人の一座がよく来る芝居小屋があった。祇園社の南隣にあり、物真似や狂言物、鳴り物や舞いなども興行する小芝居で、「鴻鵠楼《こうこくろう》」という大層な名前の小屋だった。

——燕雀《えんじゃく》いずくんぞ鴻鵠《こうこく》の志を知らんや——

唐国《からくに》の古書にある諺《ことわざ》で、小さな鳥には、大きな鳥の持つ志は分からない、という意味だ。

小屋主は、この芝居小屋を、いずれは四条の北や南の大芝居くらいの矢倉芝居にすることを夢見て、この名前を付けたのだろう。

祇園社の周辺は、参詣《さんけい》の客相手に、一服一銭で茶を売る掛茶屋や、料理茶屋、水茶屋などが多く立ち並んでいる。その中にあって、唐風の屋根を持つ鴻鵠楼は、物珍しさも手伝って、人気の芝居小屋であった。

夜ともなれば、一つ一つに花が描かれた灯籠《とうろう》が小屋を彩る。酒の味を覚え、遊び友達ができる頃になると、喜三郎にとって、鴻鵠楼は憧憬《しょうけい》の存在になっていた。

（いつかここで芝居を打ちたい）

自ら戯作を書いて、鴻鵠楼で芝居を興行させる。それが、喜三郎が子供の頃から胸に抱いてきた夢であった。

お豊は矢倉芝居へよく通ったが、鴻鵠楼も頻繁に訪れていた。

後に知ったことだが、母の実家である小間物屋の「白扇堂《はくせんどう》」は、櫛《くし》や笄《こうがい》などの装飾品だけでなく、白粉《おしろい》や紅《べに》などの化粧道具も扱っていた。それらの品を、お豊は鴻鵠楼に格安で売ったり、無料で貸し出していたという。

──うちで芝居をする役者や芸人は、お豊さんには随分助けて貰《もろ》うてたんや──

祖母が亡くなった時、葬儀の後で、小屋主の茂兵衛《もへえ》は喜三郎にそっと教えてくれた。

それもあって、鴻鵠楼は、喜三郎にとっては思い入れの深い芝居小屋となっていた。

だが、昨年、その茂兵衛が亡くなった。元々、家は旅籠《はたご》を営んでいて、鴻鵠楼は、茂兵衛が隠居を決めてから造った芝居小屋だった。

以来、鴻鵠楼は閉められたままだ。木戸番だった芳蔵《よしぞう》という老人が建物の面倒を見ているが、茂兵衛の息子の多平次《たへいじ》は旅籠の商いに忙しく、いずれは鴻鵠楼を手放すつもりでいると言う。

──わてが、この鴻鵠楼を買い取ります。せやさかい、誰にも売らんと待っとっておくれやす──

喜三郎は、多平次にそう頼み込んでいた。

鴻鵠楼の裏手に回ると木戸がある。裏手は祇園社の森がすぐ側まであり、表の賑わいが嘘《うそ》のように、森閑《しんかん》としていた。

裏庭には井戸もあれば、風呂もある。芝居が終わった後、役者たちは、ここで化粧や汗を落とした。

喜三郎は楽屋へ通じる戸口から中へ入った。芳蔵がこまめに掃除をしているので、埃《ほこり》っぽさはない。厨《くりや》を抜け、奥へ向かうと上《あ》がり框《がまち》がある。喜三郎は草履を脱ぎ、廊下へ上がった。

廊下を挟んで、左右に部屋が幾つか並んでいる。楽屋だ。廊下をさらに行くと、上へと上る階段が現れる。そこから舞台へと通じていた。

芳蔵は舞台の上にいた。丁度、真ん中辺りに座り、湯飲みを傾けている。茶でも飲んでいるのだろう。皿には饅頭《まんじゅう》が幾つか載っていた。

芳蔵は、本当は役者になりたかったらしい。皮肉なことに、鴻鵠楼がその役目を終えた今になって、芳蔵は自在に舞台を行き来できるのだ。

「おお、喜三《きさ》ぼんやないか」

芳蔵は舞台裏から現れた喜三郎にすぐに気づいた。相好《そうごう》を崩すと、手招きをして喜三郎を呼ぶ。

「笹饅頭か。一つ、よばれるえ」

喜三郎も芳蔵の向かいに胡坐《あぐら》をかいて座り、さっそく饅頭に手を伸ばした。蒸《ふ》かして間がないのか、ほんのりと温かい。

鴻鵠楼の向かいに「小笹屋《こざさや》」という掛茶屋がある。笹の葉のように、細長い形の「笹饅頭」が名物だった。酒の字を「ささ」とも読む。元々は「酒饅頭《ささまんじゅう》」と言っていたのが、いつの間にか「笹饅頭」になったとの謂《いわ》れもあった。

「お稲《いね》さんからの差し入れや」

芳蔵は湯飲みを口に運びながら言った。傍らに徳利が置いてある。（さては）と思って徳利を手に取り、鼻に近づけると、やはり酒の匂いがした。

笹饅頭は酒種を使ってあるせいか、妙に酒に合う。餡に塩味を利かせてあり、酒の友につまむ輩《やから》も多かった。

喜三郎は二つ目の饅頭を手に取りながら、何気なく天井を見た。大芝居と違って、小芝居の小屋の客席には屋根がない。そういう決まりなのだ。

そこで茂兵衛は、棟木を格子状に差し渡し、油紙を張り付けて簡単な雨除けにした。お陰で見物客は、天気の悪い日でも芝居や見世物を楽しむことができる。

しかし、当然のことながら、奉行所も黙ってはいない。奉行からも叱責《しっせき》されたらしいが、

──瓦屋根でも檜皮葺《ひわだぶき》でもあらしまへん。ただの油紙どす。お客がいきなりの雨でも濡れんようにする工夫どす。誰かて、雨が降れば傘を差しますやろ。大勢が一つの傘の中で芝居を楽しんではる、そない思うて貰うたらええんどす──

そう言って、強引に納得させたと聞いている。

「せや、お稲さんが……」

その時、芳蔵が何かを思い出したように喜三郎を見た。

「今度、喜三ぼんがここへ来たら、店に寄るように伝えてくれ、て、そない言うてはったえ」

お稲は、小笹屋の娘で、喜三郎よりも三つばかり年上だ。鴻鵠楼の帰りに、お豊に連れられて立ち寄っていたので、子供の頃からの顔見知りだった。今では婿を取り、夫婦で店をやっている。

「わてに何の用やろ」

喜三郎は首を傾《かし》げた。

お稲には、身寄りのない芳蔵を気遣うように頼んである。芳蔵と鴻鵠楼以外に用件があるとも思えない。

「それで、金の用意はできてはんのか？　銀十六貫は大金やで」

芳蔵が尋ねた。芳蔵も、喜三郎が鴻鵠楼を手に入れようとしているのは知っている。

「あかん、まだや」

「『牡丹亭《ぼたんてい》』の主人はどない言うてはんのや」

芳蔵はさらに尋ねた。

牡丹亭は、茂兵衛の息子の多平次が、三条寺町《てらまち》通の誓願寺《せいがんじ》前で営んでいる旅籠であった。

「そない長うは待てん、て」

金は富之助に借りるつもりだった。しかし、なかなか言い出せず、思い余った喜三郎は、長兄の孝一郎に頼んでみた。

――お前も商売人の子や。質《しち》がないと、融通《ゆうずう》できへんぐらいは知っとるやろ――

と、きっぱり突き放された。

――そこをなんとか、兄さん――

食い下がる喜三郎に、孝一郎は「ならば店で働け」と言った。

――ひと月でええ。お前が真面目に働いて、店のためになるんやったら、わてが金を出したる――

思えば孝一郎なりに、喜三郎をなんとかしたいと考えていたのだろう。

喜三郎は喜んで承知した。ところが、三日ほどが経った頃、番頭からの苦情で、孝一郎は喜三郎を多嘉良屋から追い出してしまった。

理由は、喜三郎があまりにも正直過ぎたことだ。

――客がこの着物が欲しい、て言わはるんやったら、売ったらええんや――

苦々しい顔で孝一郎は言った。そんな顔をする時、孝一郎は父親の富之助そっくりの口ぶりになる。

――せやけど、どう見ても、似合《にお》うてはらへんかったさかいに……――

幾らこの色合いが好きだ、柄が好きだと言われても、着る者の体形や背丈、また顔立ちや肌の色味で、着物は生きも死にもする。喜三郎とて呉服屋の息子だ。着物が殺されるのを黙って見ている訳にはいかなかった。

喜三郎の「見る目」は、子供の頃から培《つちか》ってきた芝居見物によるものが大きい。舞台の役者はあらゆる着物を見事に着こなす。姿形の良い女形《おやま》は、どれほど地味な色合いでも、華やかさが出せた。

――あきまへんなあ、そのお色は……。あんさんの肌がもう少し白うて、顎がほっそりしてはったら、似合うんどすけど――

喜三郎の心からの助言にも拘わらず、大抵の客は腹を立てて帰ってしまう。その度に、番頭は慌てて後を追い、足袋《たび》やら手拭いやらを渡して平謝りに謝ることになる。

――これでよう分かったやろ。お前に商売は無理なんや。芝居小屋かて、上手《うま》くいく筈はあらへん。早々に諦めるんやな――

結局、未だに金を作る当てはない。

「喜三ぼんに、言うといた方がええかもしれんなあ」

その時、徳利を湯飲みに傾けながら芳蔵がぼそりと言った。

「牡丹亭の旦那から聞いたんやけどな。鴻鵠楼を買いたいてお人が、他にいるらしいんや」

「わては、なんも聞いてへんで」

喜三郎は即座に言った。

「そのお人は、言い値で買《こ》うてくれはるそうや。牡丹亭としても、その方が大助かりやろ」

その言葉に、喜三郎は強い焦《あせ》りを感じた。

「いったい、誰や。横やりを入れてきたんは……」

腹立ち紛《まぎ》れに、思わず声を上げていた。

鴻鵠楼の花灯籠《はなどうろう》に火を入れて、それは美麗に飾り立てる。その時に打つ最初の芝居は、当然、喜三郎が書いた芝居でなければならない。そんな喜三郎の夢を、奪おうとする者がいる。

その時、ふと以前に見た芝居の詞《ことば》が頭を過《よぎ》った。

――夢は夢。叶わぬから、夢、と言う――

「わても、芝居を裏手で見てきた人間や。喜三ぼんの気持ちはよう分かる。それで、ついしゃべってしもうた。いずれ心が決まったら、多平次さんの口から話が出るやろ」

よっこいしょと、芳蔵は空になった徳利を持って立ち上がった。

「せめて、そいつの名前だけでも教えて欲しい」

喜三郎は芳蔵を見上げた。

「多平次さんから、聞いてはるんやろ？」

すると、「ほれ」と芳蔵は手にしていた徳利を、喜三郎の眼前に突きつけた。

「一蝶堂」と書かれている。

「まさか、宗兵衛さんが？」

驚く喜三郎に、芳蔵はかぶりを振って、その横にある字を指差した。

「『孤蝶の夢』……？」

唖然とする喜三郎に、芳蔵は「せや」と言うように頷いた。

「娘の千夜さんの方や」

（なんでやっ）

思わず胸の内で叫んでいた。このところ「千夜」の名前を幾度も耳にしている。こうなると、よほど縁があるのだろう、と、思わない訳にはいかなくなった。

しかも、最悪の縁だった。

鴻鵠楼を出る時、少し足がもつれそうになった。千夜が相手では、到底、鴻鵠楼を落とせそうにもない。何しろ、一蝶堂は大店であったし、千夜自身が、すでに商才を発揮しているのだ。きっと自由になる金があるのだろう。

——なんで千夜が……——

どうしても納得できないでいる喜三郎に、芳蔵はこう言った。

——あのお人も、以前はこの鴻鵠楼の常連客やったんや。あんさんと同じで、ここに思い入れがあるんかもしれん——

(思い入れなら、わての方が強いわ)

実に虚《むな》しい競争心だ。

「喜三ぼん、おいでやす」

店先にいたお稲が、着物の袖をたくし上げながら、おいでおいでをしている。

「姉《あね》さん、その呼び方は、なんとかならしまへんか」

子供の時から、お稲はずっと喜三郎のことをそう呼んでいる。

「そやかて、喜三ぼんは喜三ぼんやないの」

お稲はカラカラと笑った。

「わてに用て、なんどすねん」

店の奥は座敷になっている。丁度、客も退《ひ》けた頃だった。お稲は、店の裏の湧き水で淹《い》れた茶を、湯飲みに入れて持ってきてくれた。

一口飲むと、冷たいだけでなく、苦味の中にもほんのりとした甘さがある。蜜を入れた甘茶が、笹饅頭と共にこの店の人気だった。

「あんた、鴻鵠楼が欲しいんやて?」

盆を脇に置くと、お稲は喜三郎の方へ顔を近づけた。

「まあ、できれば手に入れたいところどすけど」

「やめとき」

お稲は突然、断固とした口ぶりで言った。

「噂で聞いたんやけど、鴻鵠楼の買い手が現れたらしいわ」

おそらく、その噂の出所は芳蔵だろう。

「大店の嬢《とう》はんやそうや。言い値で買うそうやさかい、きっと多平次さんも、そっちに売るやろう。あんたもこれで鴻鵠楼とは縁が切れるし、その方がええ」

「どういうことどす?」

少し不快な気持ちになった。まるで最初から、喜三郎の方が負けるみたいな言い方だ。

「せやさかい」

駄々《だだ》をこねる子供に言い聞かせるように、お稲は声音を和《やわ》らげる。

「鴻鵠楼は、ようないんや」

「何がどす？　小芝居とはいえ、茂兵衛さんが金をかけて、しっかりした造りにしてはります。芳蔵さんが綺麗に掃除もしてはるし、いつでも興行できますえ」

「そうやあらへん」

お稲は眉間《みけん》に皺を寄せると、強くかぶりを振った。

「鴻鵠楼には、どうも、出るらしいんや」

「出る、て？」

「阿呆やなあ。出る、て言うたら、幽霊どすやろ」

一瞬、間が空いた。その直後、突然、喜三郎は弾けるように笑い出していた。

「姉さん、夏やから言うて、そないな怪談話でわてを怖がらせようなんて……」

「ほんまのことや」

お稲はぴしりと言い切った。

「この界隈のもんは、皆、知っとる。せやけど、下手《へた》に噂を流して鴻鵠楼が売れんようになったら多平次さんに悪いやろ。皆、口に出さんよう気をつけてはんのや」

それから、お稲は喜三郎に事の次第を語り始めた。

「去年の秋、茂兵衛さんが亡《の》うならはってから、鴻鵠楼は興行を止めてしもうた。あの花灯籠に火が灯らんようになって、この辺りも随分と寂しゅうなったもんや。ところが、先日の六月に入ったばかりの頃……」

通りを行く人も絶えた深夜、どこからともなく鳴り物の音が聞こえてきた。

「笛や太鼓、三味《しゃみ》の音……。気になるさかい、通りを覗いてみたんや」

驚いたことに、鴻鵠楼の花灯籠に火が灯っている。まるで芝居でも興行しているかのように、鳴り物は鴻鵠楼から聞こえるのだ。

「まるで以前の賑わいが戻ったようやった。せやけど鴻鵠楼が開く筈はあらへん」

不審に思ったお稲は、亭主を起こした。

「二人で鴻鵠楼の様子を見に行こうとしたんや。ところが、通りに出た途端……」

パッとすべての明かりが消えた。

「思わず亭主と顔見合わせてな。これは人がやったことやない。そない言うて、家まで逃げ帰った」

そこまで語ってから、お稲は大きく息を吐いた。

「さすがに怖うなってなあ。朝になっても、亭主は何も言わん。うちもそのことは口にせんようにしていたんや」

　それから、ほぼ毎日、夜が更《ふ》けると、鴻鵠楼に明かりが灯るようになった。

「近隣の人も気づいてはるようや。せやけど、うちと同じで口にはしはらへん。それでも、噂はちらほら聞こえてくるようになってな。先日、誰かがこう言い出したんや」

　――そう言えば、もうじき月灯会《げっとうかい》の日や――

「月灯会のことは、あんさんもよう知ってはるやろ」

　風流人の茂兵衛は、毎月、十五日になると、鴻鵠楼の木戸銭を半額にして、夜が更けるまで興行していた。

　――天のお月はんに芝居を披露する日や。そないな興行があってもええやろ――

　それが、生前の茂兵衛の口癖だった。

「茂兵衛さんが、十五夜に鴻鵠楼で興行しようとしてはるて、そない言わはるんどすか？」

　幾らなんでも、それは……、有り得ない、と喜三郎はかぶりを振る。

「分からへん。祇園社の森の狐かもしれん。祇園て町は、人も狐も芝居好きやさかい……。せやけど、考えてみ。茂兵衛さんは、去年の八月の月灯会の前に亡うなったんや。息子の多平次さんは、葬式を終えるとすぐに鴻鵠楼を閉めはった。茂兵衛さんとしては、心残りがあったんと違うやろか」

お稲の顔は真剣だった。冗談でも、喜三郎をからかっているのでもないらしい。

「とにかく、せっかく買い手が現れたんや。あんさんは手を引き。何も好きこのんで、化け物小屋を買い取らんかてええやろ」

お稲が親切で言っていることは充分に伝わってくる。

「多平次さんは、このことを知ってはるんどすか？」

お稲は小首を傾げた。

「さあ、どうやろか」

「芳蔵さんは、どない言うてはるんどす。鴻鵠楼に住んでるんやさかい、何か知ってはるんと違いますか」

「あかん」と、お稲はかぶりを振った。

「初めてあれを見た次の日に、それとのう聞いてみたんやけどな」

芳蔵は日が暮れると、すぐに酒を飲んで寝てしまう。大抵朝までぐっすりだ。

「あれやったら、盗賊に入られたかて気がつかんやろ。もっとも、金目のもんはあらへんさかい、入る賊もいてへんやろうけど」

お稲は呆れたようにため息をつく。

「喜三ぼん、悪いことは言わへん。鴻鵠楼は諦めや。それに……」

お稲は喜三郎の耳元に顔を近づける。

「小芝居も、宮地芝居みたいに御禁制になるんやないか、て話や。今は芝居に手を出さん方がええ」

お稲は喜三郎にそう忠告すると、客を呼び込むために表へと出ていった。


喜三郎は小笹屋を出た足で、妙音寺へと向かった。そろそろ日も暮れかけている。一応、縁組を承諾したことを、清韻や無情に告げるつもりであったが、何よりも、無情への好奇心が喜三郎を動かしていた。

(あれは、夢か幻やなかったんやろか)

琵琶の音が流れる中、妙音寺の庭が様々に姿を変えるのを見た。あの光景が幻ならば、琵琶法師も幻かもしれない、ふと、そんな考えが頭に浮かんだ。

妙音寺の門前で喜三郎は足を止めた。門扉《もんぴ》はまだ開いている。寺を訪《おとず》れる者のために、日がすっかり落ちるまで門は開けてあった。

門を支える柱に隠れるようにして、喜三郎はそうっと中を覗いた。正面に見える本堂に明かりが灯っている。境内に置かれた石灯籠にも、蠟燭《ろうそく》の火がちらちらと揺れていた。

喜三郎が気にしていたのは、琵琶だった。昨日は琵琶の音に惑わされて、おかしな幻を見せられたと思ったからだ。

幸い今はいつもの妙音寺だ。喜三郎はほっと安堵して、庫裏の玄関に向かった。

「御坊、いてはりまっか」と、いつものように声をかけたが、やはり今日も返事がない。

(また、酒でも買いにやらされてるんやろか)

清韻が、あの謎の琵琶法師の使い走りをしているのかと思うと、妙に腹立たしい。どう見ても、無情の年齢は二十代半ばに見える。丁度、次兄の吉次郎と同じぐらいだ。

「おお、来たか、喜三郎」

玄関の廊下を右へ行けば厨《くりや》がある。清韻はそこから顔を出した。

「そろそろ夕餉《ゆうげ》や。無情はんが本堂にいてはるさかい、呼んで来てくれ」

「夕餉、て……」

喜三郎はすっかり呆れてしまった。

「なんで食事の世話まで御坊がしてはるんどすか？　向こうの方が遥かに若《わこ》うおすやろ。寺に寄宿するんやったら、それくらいはさせても、ええんと違いますか」

「わしはまだまだ動ける。お前も一緒に食べたらええ。ほな、頼んだえ」

清韻はそう言うと、再び厨へと消えてしまった。

喜三郎はしぶしぶ本堂へと向かった。廊下を左へまっすぐ行けば、本堂へと繋がる階段がある。階段は五段ほどだ。本堂には薬師如来《やくしにょらい》が鎮座している。三尺と三寸（約一メートル）ほどの座像だった。古い仏像で、金色の塗りもほとんど剝《は》げている。

その座像の前に無情がいた。湯浴《ゆあ》みを済ませたのだろう。藍染の浴衣《ゆかた》を着ていた。改めて見ると、舞台にそのまま置きたいほどの美男っぷりだ。己がつい惚れ惚れと眺めているのに気がついて、喜三郎は慌てて視線をそらせようとした。その時、本堂を支える太い柱に立て掛けられている琵琶が目に入った。

扉が開け放たれているので、吹き込んでくる夕風が心地よい。境内の灯籠では、灯明《とうみょう》が瞬《また》いていた。先ほどまで波のように押し寄せていた蜩《ひぐらし》の声も止み、静まり返った本堂で、無情は瞑想でもしているのか、じっと両目を閉じて座っていた。

喜三郎は両手を床に置くと、音を立てないように気を遣いながら、ゆっくりと柱に向かって這っていった。それでも古い床板は、よほど気をつけていないと、ギシギシ音を立てる。自分でも無謀なことをしていると思ったが、なぜか、琵琶が気になって仕方がなかった。

それは、何の変哲もない琵琶だった。木目が分かる白木の胴。枇杷《びわ》の実に似た曲線。薩摩琵琶ならば、半月と呼ばれる三日月形の象牙《ぞうげ》飾りが弦の左右についているが、やはりこの琵琶にはそれが無い。平家物語を奏する平家琵琶は、芝居小屋でも人気の出し物であったが、喜三郎はこのような琵琶は見たことがなかった。

何よりもバチを使わないのだ。それだけでも驚きなのだが、今、目の前で見ている琵琶には、弦そのものが張られていない。

（あの時は、確かに細い弦があった筈なんやが……）

不思議な思いで、喜三郎はそうっと手を伸ばし、琵琶に触れようとした。

「その辺でやめておけ。命を吸われるぞ」

いきなり声が響き、喜三郎は思わず飛び上がりそうになった。気がつくと、傍らに無情が立っている。

喜三郎はその場にペタリと尻餅をついた。

無情は琵琶を取ろうと、右腕を伸ばす。肩先から流れ落ちた髪が、まだ乾ききっていないのか、艶めいた光を放っている。喜三郎の鼻先で湯の匂いがした。

「わては、触るつもりは……」

言い訳めいたことを口にしかけて、すぐに言葉を呑みこんだ。無情の横顔がすぐ目の前にあった。

無情はじろりと横目で喜三郎を見た。鼈甲色の瞳が、まるで刃《やいば》のように突き刺さる。

「時に好奇心は身を滅ぼす。覚えておけ」

諭《さと》すように言って、無情は琵琶を手に取った。

(ほんまに、この男は何もんやろ)

再び疑問が脳裏を掠めた時、無情が片手を喜三郎の方へと差し出してきた。

白く細長い指先が、喜三郎を誘うように動く。

「なんどす?」

喜三郎には訳が分からない。

「立てぬのだろう?」

無情が言った。

「何を阿呆なことを……」

なぜか無性に腹が立つ。

立ち上がろうと足に力を入れたが、下半身が痺れていて動かない。父親に説教を喰らい、半日、正座させられた後のような感覚だ。

無情は喜三郎の腕を掴《つか》んで、己の方へ引き寄せた。身長はあるが、さほど体格が良いとは言えない無情だったが、喜三郎を軽々と立たせたのには、少々驚かされた。

「すんまへん」

喜三郎は素直に頭を下げた。

（この男は何もかも勝手が違う）

無情は、喜三郎の思いなどに構う風もなく、くるりと背を向けると階段に向かった。

「喜三郎、どないしたんや？」

しばらくぼんやりしていた喜三郎を、階段下から清韻が呼んだ。

「無情はんはとっくに膳《ぜん》に着いてはるえ」

「今、行きますよって」

返事をした途端、足が軽くなっているのを感じた。さきほどまで一寸も動けなかったのが、まるで嘘のようだった。

夕餉の膳は、厨の隣の小座敷に用意されていた。青菜と油揚げの煮びたし、冷奴、茗荷《みようが》の葉に載せて焼いた鮎、汁物、漬物の小鉢が膳に載っている。清韻には珍しく、なかなかの御馳走だ。それなのに、無情はもっぱら酒を好んだ。

そのくせ、一向に酔う風がない。まるで酒のみで生きているかのようだ。それを横目で眺めながら、喜三郎はやたらと飯をかっ込んだ。

（さっき動けんかったんは、飯を食うてへんかったからや）

喜三郎は三杯目の飯を要求して、清韻に呆れられた。

「それで、婿入りの件はどないなったんや」

喜三郎が満腹になった腹をさすっていると、清韻が徳利を手に尋ねてきた。喜三郎はすかさず湯飲みを差し出し、「孤蝶の夢」を注いで貰った。

「縁組を受け入れるて、親父様には言うときました」

酒を一気に呷《あお》ってから、ふうっと大きく息を吐いて喜三郎は言った。

「間に立ってはんのが、霧雨堂の彦右衛門はんなんどす。今日中には一蝶堂にも伝わるやろし、二、三日もしたら、向こうさんから何か言うてきはるんと違いますか？」

喜三郎自身、いかにも他人事《ひとごと》であるかのような言い方だと思った。実際、他人事なのだ。無情や清韻が何を考えているのかは分からなかったが、まさか、無理やり喜三郎を、千夜の「三番目の婿」にする気はないだろう。

「せやけど、妙なことがおますねん」

喜三郎は二人の顔を交互に見た。

「『鴻鵠楼』どすけどな」

「お前が買い取りたがっとる、祇園の芝居小屋やな」

喜三郎は、清韻だけにはすべてを話してあった。

「他にも、欲しいっちゅう変わりもんがいてるようなんどす」

「ほほう、お前以外にもおったんやな、変わりもんが……」

清韻はわざとらしく頷いてみせる。

「それが、一蝶堂の千夜さんなんどす」

清韻は無言のまま目を瞠《みは》った。さすがに驚いたらしい。無情だけは、相変わらず酒を飲んでいる。相槌《あいづち》を打たないので、話を聞いていないかのようだ。喜三郎は仕方なく、清韻に向かって話を続けた。

「千夜さんも、どうやら、鴻鵠楼の常連やったようどすわ。あの小屋に何か思い入れがあるんどすやろな。せやから言うて、譲る気はおへん」

喜三郎はここぞとばかりに声音を強めた。

「芝居小屋を持つんは、わての夢どす。それに鴻鵠楼は、なんとしてでも祇園に遺したい。茂兵衛さんかて、たとえ小そうても、鴻鵠楼を北や南の大芝居ぐらいの人気の小屋にするのを望んではった筈や」

「それやったら、今回の縁組はお前のためにもなるんやないか」

清韻が即座に言った。

「お前には金がない。せやけど千夜さんには金がある。一緒になるんやったら、同じことやろ」

一瞬、喜三郎は清韻の言葉に納得しかけた。だが、すぐにかぶりを振って切り返す。

「千夜さんが、わてと同じ気持ちで鴻鵠楼を欲しがってるとは限らしまへん。祇園のあの界隈は人通りも多い。一蝶堂の出店にするつもりかもしれまへん。わてのように、本気で芝居小屋として続けたいかどうかは……」

「いずれにせよ、近々会うことになるんや。鴻鵠楼は話の切っ掛けになるやろ。その時に、千夜さんの本心を聞いてみたらええ」

「その千夜さんどすけど……」

喜三郎は、改めて清韻に疑問をぶつけた。

「千夜さんを救う、てどういうことどす？」

この時になって、喜三郎はやっと無情の方に視線を移していた。

──そなたより、その女人を救わねばなるまい──

そう言ったのは、無情だ。

「わてには、千夜さんが、助けを求めているようには思えしまへん」

喜三郎は強気で無情の方へ向き直った。年齢は喜三郎よりも二、三歳上にしか見えないのに、なぜか威圧感のあるこの法師に、なんとか対抗しようと試みたのだ。

「千夜さんが苦しんではるて、なんであんさんに言い切れるんどすか？　知り合いでもあらへんやろうに……」

「その女子は知らぬが……」

無情は平然とした態度で、コトンと音を立てて湯飲みを膳に置いた。

「話すことはまだあるだろう。それをすべて話せ」

無情の目に蠟燭の炎が映っている。

喜三郎は生唾を呑み込むと、下手に逆らうのを止めた。夜が近づくほどに、この男は何やら人間離れしてくる。よく見ると、膳の上の食事にはほとんど手をつけていない。本当に、酒だけで生きているのかもしれない。

(ほんまに気味の悪い男や)

と心底思う。

「鴻鵠楼に、幽霊が出るて話を聞きました」

喜三郎は、小笹屋のお稲から聞いた話を二人に語った。

「生前、小屋主の茂兵衛さんは、毎月、十五日の夜に月灯会を催してはりました。満月に芝居を奉納するて名目どしたけど、木戸銭が半額てこともあってそれは賑わってました」

「つまり、その茂兵衛が幽霊となって、興行をしようとしてはるんやな」

清韻が念を押す。

「その話を信じるんやったら、そうなりますやろ」

喜三郎は曖昧な言い方をして、再び清韻に視線を向ける。

お稲が嘘をついているとは思えない。それどころか、お稲の夫も近隣の者も見ているらしい。

「牡丹亭の多平次に何か企みでもあるんやろか、て思うたんどすけど、噂のせいで鴻鵠楼の売値が下がってしもたら、損をするのは多平次どす」

「お前や千夜以外のもんが、売値を下げさせるために仕組んだてことも……」

清韻が顎を撫でながら言った。

「それやったら、わてには好都合どすわ。だいたい金があらへんよって、多平次さんに待って貰《もろ》うてんやさかい」

矢倉芝居ほどの規模はなくとも、鴻鵠楼にはそれなりの大金が投じてあった。多平次にしても、父親の夢を顕現《けんげん》したような鴻鵠楼を、二束三文で手放したい訳ではないだろう。

「その鴻鵠楼を、千夜という女子は言い値で買おうとしているのだな」

無情が口を開く。

「そうどす。まるで、鳶《とんび》に油揚げを掻《か》っ攫《さら》われるような気分どすわ」

千夜が本気で鴻鵠楼を手に入れるつもりならば、とても勝てそうにない。多平次の言い値にかなりの色を付けない限り、自分の物にはできないだろう。

「十五夜は、もうじきだ」

その時、無情がぽつりと言った。今日は六月十二日だった。

「幽霊が催す『月灯会』に、行ってみようではないか」

「百聞は一見に如《し》かずやさかいな」

無情の言葉に清韻が同意する。

「せやけど、好奇心は身を滅ぼす、て、ついさっき……」

本堂で琵琶に触ろうとした喜三郎に、無情はそう言ったのだ。

――その辺でやめておけ。命を吸われるぞ――

だが、改めて視線を向けた先で、二人は再び平然と酒を飲み始めたのだった。


夜更けて、喜三郎は多嘉良屋に戻ってきた。裏口の木戸から入ると、よろよろと自室へと向かう。うわばみのような二人を相手に、つい飲み過ぎたのだ。

部屋に入るや否や畳の上に倒れ込み、喜三郎はそのまま寝入ってしまった。

誰かに身体を揺り動かされて気がついた時には、辺りはすっかり明るくなっていた。

「喜三ぼん、そろそろ起きておくれやす」

女中のお民《たみ》の声だ。十二で女中奉公に来て、今年で十六歳になる。女中の中では一番若い。

ちなみに孝一郎は「若旦那さん」、絵師でもある吉次郎は「若師匠」と呼ばれている。喜三郎だけが、未だに「ぼん」付けだ。

「皆さん、とっくに朝餉《あさげ》を終えて、仕事をしてはります。喜三郎はどないしたんや言うて、旦那様も怒ってはりますえ」

「頼むわ。そない大きな声を出さんといてくれ」

頭痛がする。明らかに二日酔いだ。

「お酒に強うないのに、どこでそないに飲まはったんどす？」

お民は心配そうに喜三郎の顔を覗き込んできた。

「妙音寺」と答えてから、喜三郎はお民に「熱い茶をくれ」と言った。

「食事はどないしはります？」

「なんもいらん。茶だけでええ」

喜三郎はそう言って、なんとか起き上がった。

「親父様は、わてに何ぞ用があるんか」

例の縁組がどうなったのかも気になる。

「起きたら部屋へ来るように、て……」

（縁組の話やな。こない早いてことは、やはり、向こうから断ってきたんやろか）

もし、相手側が反故《ほご》にしたのなら、あまり面白い話ではない。かと言って、本気で婿入りがしたい訳ではない。少々複雑な気持ちで、喜三郎は富之助の部屋へと向かった。


「昨日、牡丹亭から使いが来た」

喜三郎の顔を見るなり、富之助はそう言った。

「今晩、牡丹亭に来て貰いたい、てそない言うてはった。詳しいことは喜三郎に聞いてくれ、とも……。お前、牡丹亭で何かやらかさはったんか」

富之助の手が煙草盆の方へと伸びていく。父親の機嫌が下り坂になっている証しだ。

「親父様、頼みがおます」

喜三郎は、両手をつくと、額を畳に擦り付けた。

「金を貸しておくれやす」

「お前、もしや、多平次はんに借金でも……」

「違います」

喜三郎はきっと顔を上げると、富之助を上目で見た。

「せやけど、借金を考えるほど切羽詰《せっぱ》まってますのや」

喜三郎は、鴻鵠楼についての経緯を富之助に話した。鴻鵠楼に懸ける己の夢についても滔々《とうとう》と語った。

富之助は、喜三郎を奪ったお豊への反発もあって芝居を嫌っている。それも承知の上だ。それでも、引き下がる訳にはいかなかった。鴻鵠楼で己の書いた芝居を興行する。それが、情熱を傾けてやりたかったことだと、喜三郎は改めて思い知っていた。

富之助は煙管を手に取った。だが、煙草の葉も詰めず、ただ煙管を眺めて、じっと考え込んでいる。

「お前の気持ちはよう分かった」

しばらくして、おもむろに富之助はそう言った。

「鴻鵠楼の件は、孝一郎からも聞いた。一時期、お前が店に出るようになった頃、つい嬉しゅうて尋ねたんや」

――喜三郎も、とうとう家の商売に身を入れる気になったようやな――

ところが、孝一郎は顔を曇らせるとこう答えた。

――親父様、実は……――

「芝居小屋欲しさに、金を作ろうとしてるんや、て聞いてな。わしは腹が立って、さっさとやめさせるよう、孝一郎に言うたんや」

「それで、兄さんはわてに店に出るな、て……」

——気長に様子を見てやったらどないどす？——

そう言って、孝一郎は弟を庇《かば》ったという。

(兄さん、あないきついことを言うてたのに、ほんまはわてを思うて……)

喜三郎の胸がじんわりと熱くなる。

「わしが芝居を嫌《きろ》うてんのを、お前も知っとるやろ」

「へえ」と喜三郎は、神妙に頷く。

「正直な話、お前に芝居を教えたお豊さんを、恨んでもおる。お松が亡《の》うなって、四十九日も過ぎん間に、強引にお前を連れていってしもうた。今でも腸《はらわた》が煮えくり返る思いや。わしの手で育てていたら、お前も今頃は、兄二人と同じように、何かの才を発揮していたかもしれん」

富之助はしみじみと語った。父親の深い愛情を喜三郎は感じた。それはそれで確かにありがたい。だが、喜三郎にも言い分はあった。

「わては、母親てもんを、芝居の中で知りました」

喜三郎は顔を上げ、父親の顔をまっすぐに見た。

「わてが生まれてすぐに、お母はんが亡うなったことは、幼い頃に、お祖母《ばあ》はんから聞かされてました」

――お母はんて、どないなもん？――

よく遊んでいた近所の子等には、皆、母親がいた。すぐに怒る厳しい母親もいれば、他人の子供にまで笑顔で接してくれる優しい母親もいた。悪戯《いたずら》の過ぎる子の母親は怖い。だが、そんな母親も、時には、喜三郎にまで飴玉をくれることもあった。

喜三郎の問いかけに、祖母のお豊はしばらくの間、考え込んでいた。それから何かを思い立ったように、喜三郎を芝居小屋に連れていったのだ。

芝居の戯作には、母親が子に見せる情愛を描いた物が多かった。喜三郎は、舞台の上で演じられる母親を、己の母のように感じながら育った。

「失った子供を想うて嘆く母親、攫われた子供を捜し続けて、気が触《ふ》れる母親。死に別れも辛いが、生き別れはもっと辛い。幼心に、芝居の中の母親を、わてはほんまのお母はんやと思うて育ちました」

「それは偽もんの母親や。人の頭が作った、嘘っぱちやないか」

「偽もんかて、実《じつ》があれば、ほんまもんになります。わては舞台を見ながら幸せやった。ここへ来れば、お母はんに会える。せやさかい、わては、お祖母はんと芝居を見にいくのが楽しゅうおましたんや」

喜三郎は、初めて父親に己の本心を訴えた。

「何も芝居を見るな、て言うてんやない。お上の禁令かて、どこまで広がるか分からへんのや。小屋を持つなんぞ、無謀な夢を捨てて、大人しゅうに婿入りする方がお前のためや。『一蝶堂』を千夜さんと二人で守り立てて、商売を繁盛させたらええ。その方が、わしとしても鼻が高い」

富之助はそこまで言うと、大きく肩を上下させ、深い息を吐いた。

「お前が憎うて言うてんやない。わしかて商売人や。捨てると分かっている金はよう出さん。今の多嘉良屋の身代《しんだい》は、お前の兄二人の努力のお陰やさかいな」

孝一郎と吉次郎、今や多嘉良屋は、富之助という土台に立てられた、この二大柱で支えられている。

そこには、喜三郎の存在は欠片《かけら》すらない。

「よう分かりました」

喜三郎は父親の前に深々と頭を下げた。

「霧雨堂を通じて、すでにお前のことは一蝶堂に伝わっとる」

垂れた頭の上に、父親の声が降ってくる。

「せやさかい、遊んでばっかりおらんと、お前もしっかりと将来のことを考えなあかん」

最後はいつもの説教で終わった。喜三郎は、そそくさと富之助の部屋を出た。

其の三　牡丹亭

その日の夕刻、喜三郎は牡丹亭の玄関口に立っていた。寺町通の東側は多くの寺が並んでいる。その中でも誓願寺はことに大きい。寺町通の旅籠は参拝客で潤っていた。

その中でも、牡丹亭の人気は高かった。庭一杯に、紅色や薄桃色、白色の牡丹が植えられていて、満開になる夏の時期は、寺参りの客ばかりか、京中の趣味人が集まっては、茶会や宴会に利用する。冬牡丹も丹精されているので、雪中の花も楽しめた。

その牡丹も、今は時節を過ぎ、緑の葉の間に点々と紅色が散っているぐらいだ。それでも、前栽の岩に生える苔や庭木の青葉は瑞々《みずみず》しく、中庭に涼風を呼んでいる。喜三郎が案内された、折れ曲がった廊下を行った先の奥まった一室は、客の声もほとんど聞こえず、静かな空間になっていた。

「お呼び立てして、えらいすんまへんなあ」

多平次は小腰を屈めて、喜三郎を座敷に迎え入れた。

どうやら先客がいるらしい。簾《すだれ》は巻き上げられ、幾つもの行灯《あんどん》に、すでに火が入っている。地下から汲み上げている泉水《せんすい》の音に加え、蜩《ひぐらし》が物悲しい声で鳴いていた。

多平次は四十代半ば。背はあまり高くはないが、がっしりとした身体付きをしている。腰は低く、愛想が良い。いかにも遣り手《やて》の商売人に見える。牡丹亭はこの界隈の旅籠の中でも広い敷地を誇っていた。多平次の代になって、隣家を買い取り、さらに規模を大きくしたのだ。

その手腕は留《とど》まらず、最近は、嵐山《あらしやま》に売りに出ている料亭を手に入れようとしている。鴻鵠楼を売りに出したのは、その資金繰りのためでもあるらしい。

「多嘉良屋の喜三郎はんどす」

多平次が先客に向かって声をかけた。湯飲みを手に茶を啜《すす》っていた女が、ちらりと喜三郎に目を向け、会釈《えしゃく》をする。

行灯に照らされて、白い顔が浮かび上がっていた。切れ長の目に通った鼻筋、なかなかの美人だが、表情は無く、何やら冷たい印象がある。

「こちらは、一蝶堂の千夜はんどす」

「千夜、て、あの婿殺しの……」

驚きのあまり思わず声を上げた喜三郎は、次の瞬間慌てて両手で己の口を塞《ふさ》いでいた。

「へえ、うちがその婿殺しの女子《おなご》どす」

千夜はそう言うと、まっすぐに喜三郎に視線を向けてきた。まるで、「それがどうした」と言わんばかりだ。

「まあまあ、何もそうお互いとんがらんかて、よろしおすやろ」

多平次は宥《なだ》めるように言ってから、喜三郎を千夜の前に座らせる。

「今、膳が来ますよって、もうちょっと仲良う話し合《お》うて貰わんと……」

「多平次はん、今日はいったい何の用件で、わてを呼ばはったんどすか？」

喜三郎はまだ何も聞かされてはいない。

「うちが頼んだんどす」

千夜は澄ました顔で、再び茶を啜る。

「頼んだ、て、わてと会いとうて？」

すると、多平次が、「鴻鵠楼のことどす」と口を挟んだ。

「喜三郎はんが、金の都合が付くまで待ってくれ、て言うてはりましたやろ。せやから、その都合が付いたのか、聞かせて貰おう思いましてな」

「幾らなんでも、銀十六貫どすえ。耳を揃えて、ちゅう訳にはいかしまへん」

喜三郎は懇願するように言った。

「取り敢えず、手付《てつけ》を払わして貰《もろ》うて、後は興行の上がりから月割りで……」

「ほな、その手付はいかほどどす？」

「銀一貫ではあきまへんやろか」

「こちらも急いでますのや」

多平次は困ったようにかぶりを振った。

「今、丁度ええ出物《でもの》がありますのや。せやから、せめて半分は出して貰わんと……」

「うちは、全額出せますえ」

湯飲みを茶托《ちゃたく》に戻すと、千夜は強い口調で言い切った。

「明日にも用意できます」

喜三郎は一瞬、啞然としたが、すぐにこう言い返していた。

「鴻鵠楼をどないするおつもりどすか？　茂兵衛さんの気持ちを考えたら、鴻鵠楼は、どうしても遺さなならんのどす。そうやないと、茂兵衛さんかて辛《つろ》うおすやろ」

その時、多平次が、冷静な口ぶりで割って入った。

「わてとしては、出物に見合う金が手に入ったら、それでええんどす。決して暴利を貪《むさぼ》ろうとしてんと違いますえ。小芝居にしてはあれだけ凝った建物を、銀十六貫は格安どすやろ。それに、喜三郎はんを待ってたら埒《らち》があかしまへん。一蝶堂はんが言い値で買いたいて言うて来はった時には、すぐにでも返事をしようかと思いました。せやけど、喜三郎はんとの付き合いもおます。迷うてたら、一蝶堂の嬢《とう》はんが、自分が説得するから、会わせてくれ、て言わはるもんやさかい……」

「うちは鴻鵠楼が欲しい。お金かてあります。喜三郎はんは先代の茂兵衛さんとご縁があるようやけど、うちは多平次さんの望みを、すぐにでも叶えて差し上げられますえ」

これでは喜三郎に分《ぶ》は全く無い。

「そうどすなあ」

多平次は両腕を組むと考え込んだ。即決で返事をすると思っていた喜三郎には、それが意外だった。

しばらく間をおいてから、多平次はやっと口を開いた。

「実は、あんさん等お二人の他にも、何人か欲しいて言うてはるお方がいてますのや。何しろ、あそこは場所がええ。鴻鵠楼を壊して、土産物屋、旅籠、料亭に建て替えることかてできます。せやさかい……」

要するに、金額を釣り上げようという魂胆だった。

「ほな、幾らなら売ってくれはるんどす」

千夜が少しも躊躇《ためら》いを見せずに尋ねた。喜三郎には、もはや手が出せそうもない。

「切りのええところで、銀二十貫でどうどす？」

多平次は勢い良く言った。

「十七貫、それ以上は出せしまへん」

強い口ぶりで、千夜は一蹴した。

「鴻鵠楼の売買に関わっているのんは、うちと喜三郎さんだけと違いますやろか」

千夜は妙に物柔らかな声音で言った。

「うちかて、噂話くらいは耳にしてます。満月の夜、鴻鵠楼から何やら怪しい楽《がく》の音が聞こえてくるんやとか」

例の幽霊話だ、とすぐに思った。お稲の話では、近隣の者は知っていながら知らぬ振りをしているという。それでも漏れてしまうのが、流言《るごん》という奴だ。

「その話を聞いて、やめはったお人もいてはるとか。最初の言い値より、銀一貫、色を付けてお払いしますよって、どうかうちに売っておくれやす」

最後はしおらしく、両手を突いて頭を下げてみせる。

（なかなかの芝居上手やな）

喜三郎は妙な所で感心してしまった。

「さすがに、一蝶堂のお千夜さんや。『孤蝶の夢』て銘酒を出しただけのことはおます」

多平次は納得したように言った。

「分かりました。嬢はんにお売りします。喜三郎はんも、承知してくれはりますなあ」

喜三郎はただ頷くしかなかった。

「ほな、お金は明日持ってきますよって、うちはこれで帰らせて貰います」

「まだお食事も差し上げてまへん。すぐに酒肴《しゅこう》を用意させますよって……」

慌てて引き留めようとする多平次を振り切るように、千夜は立ち上がっていた。

「もう日も暮れてます。遅うなったら身持ちの悪い女子や、て妙な噂になっても困りますさかい、これで失礼いたします」

それから、千夜は座ったままでいる喜三郎をじろりと見下ろし、皮肉めいた口ぶりでこう言った。

「喜三郎ぼっちゃん、家まで送っておくれやす」

「それやったら、うちの手代《てだい》に……」

腰を上げた多平次を片手でサッと制して、千夜は再び喜三郎を見る。

「あんさんは、女子を一人で帰らせるような、そないな情の無い男はんと違いますやろ」

千夜は喜三郎の腕をギュッと摑むと、無理やり引っ張り上げようとする。

あまりの強引さに、喜三郎はしぶしぶ立ち上がっていた。

「ほな、これで失礼させて貰います」

千夜は多平次に向かって丁寧に頭を下げると、今度は喜三郎の手首をしっかりと握って牡丹亭を後にしたのだった。

多平次は呆気に取られたように、ぽかんと口を開けて二人を見送っていた。


牡丹亭の玄関を出た後、千夜はやっと喜三郎を解放してくれた。

喜三郎は千夜の後ろ姿に目をやった。すらりとした細身で姿が良い。後ろ姿を見たならば、誰しも、正面から顔を見たくなるだろう。

(別嬪には、違いないんやけどなあ)

実に惜しい女子や、と喜三郎は思う。

「あんさん」

その時、いきなり千夜が振り返った。その切れ長の目に、喜三郎は胸を貫かれたような気がした。

「な、なんどす?」

あたふたと返事をする。

「そこ」と、千夜は一軒の小料理屋を指差した。

明々《あかあか》と火の灯る提灯に照らされて、「水無瀬《みなせ》」と白抜きされた茄子紺《なすこん》の暖簾《のれん》が掛かっているのが見えた。

「せっかくお会いしたんどす。お酒でもどうどすえ?」

千夜は、今までとは打って変わったような愛想の良さを見せる。

「わては、かましまへんけど……」

未婚の女が男を誘っているのだ。喜三郎はすっかり面食らってしまった。

一方、千夜の方はすでに暖簾を潜りかけている。喜三郎は慌てて後を追った。

一階はすでに雑多な賑わいを見せている。千夜には馴染みの店なのか、女将《おかみ》はすぐに二人を二階の小座敷に案内してくれた。

窓の障子が開いている。下を覗くと、真ん中に中庭が見えた。形の良い大岩の側に、一本の欅《けやき》の大木が植わっている。黒竹《くろちく》の一群れも植わっていて、風に揺れる葉《は》擦《ず》れの音が聞こえていた。石灯籠にもすでに火が灯り、なかなか風情がある。

「珍しいどすなあ。嬢はんが男はんと来はるやなんて……」

四十代ぐらいの女将は、喜三郎を見て艶っぽく笑った。

「仕事絡みの話があるんどす。お酒と、料理を見繕《みつくろ》って……。後は」と喜三郎に視線を向けて、「お腹は？」と尋ねる。

「減ってます」と即座に答えた。確かに空腹だった。実は牡丹亭で出される食事に期待していたのだ。

「茶飯を頼みます」

千夜は女将に言った。

「うちの茶飯は、干した鮎を焼いて出しを取り、ほうじ茶で炊き上げるんどす。美味《おい》しゅうおすえ」

女将は自慢そうに言うと、そそくさと座敷から出ていった。

「わてに話て、なんどす？」

女将の姿が階下へ消えると、さっそく喜三郎は千夜に尋ねた。

「しかも、仕事て……」

益々分からなくなる。

「難しい話やおへん」

さらりと千夜は応じた。

「牡丹亭で、あんさんが、鴻鵠楼について語っていたことどす」

「茂兵衛さんの鴻鵠楼を遺したい、て言う……？」

喜三郎の言葉に、千夜は大きく頷いた。

「うちも同じ気持ちや。せやさかい、どうしても鴻鵠楼が欲しかったんどす」

「あんさんも、鴻鵠楼を遺したいて考えてはった、そういうことどすか」

「興行主の間では、これから宮地芝居だけやのうて、小芝居も禁制になるんやないかて、皆、戦々恐々としてはります」

千夜は喜三郎をまっすぐに見つめると、さらにこう言った。

「あんさんは、茂兵衛さんがあの小屋に、『鴻鵠楼』て名前を付けた理由を知ってはりますか？」

「いつか北や南側の大芝居のような、矢倉芝居の小屋にするつもりで……」

「違います」

千夜は自信たっぷりに、喜三郎の言葉を遮っていた。

「違う、て。ほな、どういう理由で……」

戸惑いながら、喜三郎は問い返す。

「茂兵衛さんの鴻鵠の志は、そないな小さなもんと違います」

「何か知ってはるんどすか？」

「矢倉芝居は、見た目はとても立派どす。櫓《やぐら》も立てられるし、客席には瓦の屋根もあれば、舞台には引幕かてある」

小芝居の場合、引幕ではなく緞帳と決められている。

「幕府の御支配の許にあるさかい、いろいろと守っても貰えますやろ。せやけど、木戸銭は高い。入れる客層にも限りがおます。席を取るのも芝居茶屋を通すさかい、よほどの金持ちやないと、気軽に芝居見物もできしまへん」

「そうどすけど……」

それは、喜三郎も日頃から考えていたことだ。

「芝居を打つ方は、大勢の客に見て貰いたい筈や。それを考えて、茂兵衛さんは、安い木戸銭で、少しでも多くの人に芝居や見世物を楽しんで貰える芝居小屋を、造ろうとしはったんどす」

「芝居を打つ側も、見る側も、どちらも楽しめる芝居小屋……」

喜三郎は己に言い聞かせるように呟いた。

「月灯会は、そのためのもんどしたやろ」

千夜は喜三郎の顔を覗き込む。

「芝居は見るもんを幸せな気分にしてくれるもんや。都中の人を幸せにできるんやったら、こないな大きな夢はあらしまへん」

そう言って、千夜は花が開くように笑った。

その瞬間、喜三郎は思わず身を乗り出していた。

「わてにも夢がありますねん」

「あんさんの夢？」

千夜の細い三日月のような眉が、すっと上がった。

「聞かせて貰いまひょ」

「わては戯作が書きたいんどす。自分の書いた芝居を、鴻鵠楼で打つ。それが夢なんどすわ」

喜三郎は饒舌《じょうぜつ》に語る己に気がついた。いつしか千夜は、まるで古い友人でもあるかのように、喜三郎の話に耳を傾けている。

「なんや、感慨深《ぶこ》うおすなあ」

やがて千夜はしみじみと言った。丁度、酒肴が運ばれて来たところだった。

冷酒の徳利を手にした千夜が、喜三郎の杯に酒を注ぐ。

「この店は、うちと取引がおます。この酒は『孤蝶の夢』。冬の熱燗《あつかん》も良うおすけど、夏はやっぱり冷酒どすなあ」

千夜はそう言うと、手酌で自分の杯を満たし、ぐいっと豪快に飲み干した。

「さすがに、酒屋の嬢はんのことだけはありますなあ」

喜三郎も負けじと酒を呷る。

「酒の味も分からんでは、ええ酒は造れしまへん。父からはそう叩き込まれてますさかい」

千夜は満面の笑みで言った。白い肌が少しだけ桃色に染まっている。一つ年上ではあったが、なんだか可愛く思えた。

「それにしても、あの泣き虫の喜三ぼんが……」

千夜はふいにクスクスと笑い出した。

泣き虫の喜三ぼん……。子供の頃、周囲からそう呼ばれていたことを、喜三郎はこの時思い出していた。

「もしかして、わてを知ってはるんどすか？」

自分には全く記憶がない。喜三郎は恐る恐る尋ねた。

「うちも、芝居は好きどしたさかいなあ。ことに鴻鵠楼にはよう通ってました」

芝居は人情物がほとんどだ。特に、母子《はは こ》の情愛物はよく題材になった。

「生き別れや死に別れの芝居になると、客席で泣き出す子供がいてましてなあ。上演中に騒ぐのはご法度《はっと》どすけど、幸い、鴻鵠楼の客にそない煩いお人はいてしまへん。むしろ、周りのもんまで貰い泣きする始末。お陰で舞台は大盛況てこともおました」

「そう言えば……」

喜三郎が八歳ぐらいの時だ。芝居であるにも拘らず、まるで自分自身のことのように思えて、涙が出て止まらなくなったことがあった。

「今から思えば、恥ずかしゅうおます」

　喜三郎は声を落として言った。

　その時、トントンと階段を上がる音がして、小ぶりの土鍋を抱えた女中が入ってきた。

「焼き鮎の茶飯どす」

　女中が二人の目の前で蓋を取る。ふあんと湯気が立ち、ほうじ茶と鮎の豊かな香りが鼻先を漂った。

「酒と茶で炊きましたさかい、魚の生臭さは消えてます。もちろん一蝶堂さんの酒を使《つこ》うてますえ」

　女中が愛想良く千夜に言った。

「いつも、おおきにありがとうさんどす」

　千夜も慣れた様子で軽く頭を下げた。

「後は、うちがやりますさかい」

　千夜に言われて、女中はその場を去り、再び二人きりになった。千夜は、手早く、椀に茶飯を盛ると喜三郎の前に置いた。

「ほな、さっそくいただきます」

　喜三郎は茶飯を食べ始めた。塩加減も程よく、確かに美味だ。たちまち平らげると、すぐにお代わりをした。

「美味しゅうおすな」

千夜はそんな喜三郎を、まるで弟でも見るような眼差《まなざ》しで眺めている。

「それにしても、ようわてのことを覚えてはりましたなあ。あれから十五年は経つ、ちゅうのに」

腹が満たされると、改めてその疑問が湧いてきた。

「うちも忘れてました」

杯を口元に運びながら、千夜は言った。

「せやさかい、調べさせて貰いましたんや」

鴻鵠楼が売りに出たことを知って、千夜は牡丹亭に掛け合った。

「先客があるて言われました。金の都合が付くまで待って欲しい、て言われている、て。茂兵衛さんの知人やさかい、無下《むげ》には扱われしまへん、て」

しかし、多平次も急いでいた。嵐山の出物をどうしても手に入れたかったようだ。そこで、千夜は競争相手が誰かを、多平次から聞き出した。それが多嘉良屋の喜三郎だった。

「生まれてすぐにお母はんが亡《の》うなったことも、母方の白扇堂で育ったことも、十二歳で、今の家に戻されたことも知ってます。仕事もせずに、芝居小屋に出入りしてはったことも、うちと同じで、鴻鵠楼に思い入れがあることも……」

「嬢はんも、鴻鵠楼が好きなんどすか？」

「せやさかい、どうしても買い取らんと、壊されてしまうのは目に見えてます」

「金はどないしはるんどすか？　銀十六貫、いいや、十七貫は大金どすえ。わてにはどうにもならん金額どす」

「父が出してくれはります」

と、千夜はいとも簡単に答えた。

「全額、すべてどすか？」

「その代わり、条件を付けられました」

父親の宗兵衛は千夜に言った。

──お前は『孤蝶の夢』を造った。これからも店を守ってくれるんやったら、金は出してやってもええ──

「さすがどすなあ」

喜三郎はため息をついた。孝一郎に言われて店に出たが、何の役にも立たなかった自分とは大違いだ。

──せやけど、えらい大金や。出してもええが条件がある──

その条件とは……。

「親の決めた相手と夫婦になって、一蝶堂を継ぐことどす」

千夜は平然とした顔でそう言い切った。

「親の決めた……」

喜三郎は茫然とその言葉を繰り返す。

「ほな、宗兵衛さんが、この男を婿にせえ、て言わはったら？」

「婿にします」

即座に千夜は答えた。

喜三郎は、思わずゴホッと咳き込んだ。さっき食べたばかりの茶飯が、喉につっかえたような気がした。

「もし、その婿がわてやったら？」

「嫌とは言いしまへん。ちゃんと婿としてお迎えします」

喜三郎はゴクリと生唾を呑み込む。

千夜は不審そうに眉を顰《ひそ》めながら言った。

「婿取りの話は、父が霧雨堂の御主人に頼んであるそうどす。どないな縁組でも受けるて言うてあるさかい、お金は、すぐにでも出してくれることになってますのや。明日にでも、銀十七貫が手に入りますよって、鴻鵠楼はうちのもんどす」

千夜は、嬉しそうに顔を綻《ほころ》ばせると、砕けた口ぶりでこう言った。

「ところで、喜三ぼん、仕事の話どすけどな」

酒を飲んでもあまり顔に出ない性質《たち》らしい。それでも目元がほんのりと染まり、さっきまでのきつさがなくなっている。

「もしかして、酔うてはるんと違いますか？」

「鴻鵠楼が手に入ったら、後はあんさんに任せようて思うてます」

「それは、どういうことどす？」

思いもしなかった話に、喜三郎はすっかり困惑していた。

「興行の権利を取って、うちが名代《なだい》になります。せやけど、実際に鴻鵠楼を仕切るのは、喜三ぼん、あんさんや。これでお互いの利害が一致しますやろ。あんさんは金を出さんかて、鴻鵠楼の小屋主になれるんやさかい……」

「せやけど、嬢はんはそれでええんどすか？」

「うちは鴻鵠楼があれば、それだけでええんどす」

急に目を伏せると、千夜は静かな口ぶりになった。

「鴻鵠楼に、どないな思い入れがあるんどす？」

喜三郎は尋ねた。どうやら、千夜と自分とでは、鴻鵠楼に対する想いが違うようだ。

千夜はよほど話したくなかったのか、それきり無言になった。

「言いとうないんやったら、ようおます。わてにとってはええ話やさかい」

正直な思いが口をついて出た。いかなる理由かは分からなかったが、千夜は、ただ鴻鵠楼を、あのまま芝居小屋として続けたかっただけのようだ。仕切りはすべて任せると言ってくれた。喜三郎にとっては、渡りに船、まさに願ったり叶ったりだ。

「ほな、鴻鵠楼の件はよろしおすな」

千夜が念を押すように言った。

「へえ、喜んで引き受けます」

喜三郎は、勢い込んで応じた。

「それはそうと……」

千夜が何かを言いかけた。

「鴻鵠楼でやってはった、月灯会どすけどな」

「やっぱり、嬢はんも月灯会に行ってはったんどすな」

何やら不思議な縁を感じた。当時はお互い知らぬ間柄であったが、その二人が、今、ここで酒を酌み交わしているのだ。

「もう一度行ってみとうおすな」

千夜がぽつりと言った。喜三郎は啞然とした。

「『月灯会』言うても、今回興行するんは、幽霊どすえ」

「面白うおす。役者が誰であろうと月灯会は月灯会や。うちとあんさんの鴻鵠楼が、今どないなっててんのか、見に行かしまへんか？」

まるで、十五、六の娘のように瞳を輝かせながら、千夜は喜三郎の顔を覗き込んでくる。喜三郎と同じで、千夜も幽霊の月灯会など信じてはいないのだ。今の千夜を衝き動かしているのは、昔の月灯会への懐かしさと、おそらくは好奇心なのだろう。

「ええ、まあ……、よろしおすけど……」

半ば押し切られた形で、喜三郎は頷いていた。

其の四　月下無情

六月十五日、満月の晩……。日が落ちる頃、喜三郎は鴻鵠楼の表門の前に立っていた。

無情と清韻和尚もそろそろ現れるだろう。

「お待ちどおさんどす」

そう言ってやって来たのは、千夜だった。驚いたことに、お供も連れていない。

「お一人どすか?」と尋ねた喜三郎に、店のもんを連れてきました、と答える。

「『これから、幽霊の芝居を見る』て言うたら、すっかり怖がってしもうて、しょうがないさかい、小笹屋さんで待たせてますのや」

それから、千夜は、ピタリと閉じられた門の扉を見た。

「中へはどうやって入るんどすか?」

「任せといておくれやす」

喜三郎は応じて、鴻鵠楼の裏手にある木戸へと向かった。

「ここには錠はついてまへん」

戸を押し開きながら、喜三郎は千夜を鴻鵠楼の裏庭へと誘った。

空にはすでに大きな月が浮かんでいる。明かりが灯るのは深夜だ。喜三郎は中でその時刻を待つつもりだった。お稲の話では、鴻鵠楼に近づくと、すぐに明かりも音も消えるらしい。ならば、最初から中に入っていれば良い、そう単純に考えたのだ。

月に照らされた庭を通って、裏口から入った。

「芳蔵さん、いてはりますか?」

声をかけたが、返事がない。しばらくしてから、芳蔵がねぐらにしている、すぐ近くの楽屋の入り口の戸を叩いてみた。

だが、やはり何の動きもない。戸に耳を押し当ててみると、グオー、グオーという鼾《いびき》の音が聞こえている。

お稲は、芳蔵は日が暮れるとすぐに酒を飲んで寝入ってしまう、と言っていた。

（もしかしたら……）

芳蔵は鴻鵠楼で何が起こっているのか、知っているのかもしれない。物音がすれば、やはり見にいくだろう。火が灯れば、誰の仕業か確認するのが芳蔵の仕事なのだ。

鳴り物の音がすれば、真っ先に気づく筈だ。しかし、それが、正体が分からぬ怪異であったとしたら……。

（確かに、眠ってやり過ごすのが一番ええやろな）

喜三郎がそんなことを考えていた時だ。

「喜三郎さん」

後ろにいた千夜が、喜三郎の袖を引っ張った。

「なんどす、千夜さん。今、それどころでは……」

と言った時だ。千夜の手が、喜三郎の口を塞《ふさ》いだ。明かりのない廊下で、辛《かろ》うじて千夜の顔が見える。

千夜は片手の人差し指を自分の唇の前に立てて、「しっ」と言った。

「聞こえしまへんか」

千夜の言葉に、喜三郎は耳を澄ませる。

チン……、シャン……、トトントン、テ、テン、シャン……。

「あれは、芝居の鳴り物……」

その途端、舞台に上がる階段に続く、長い廊下の左右の壁に設《しつら》えた燭台《しょくだい》に、次々と明かりが灯り始めた。

カン、カン、カン、カン……。甲高《かんだか》い拍子木《ひょうしぎ》の音が、芝居の始まりを告げている。

突然、千夜は身を翻《ひるがえ》すと、舞台の袖に向かって走り出していた。

「待っておくれやす」

慌てて喜三郎も後を追う。

(早すぎる)

明かりが灯り、鳴り物が聞こえるのは深夜の筈だ。今は、まだ宵《よい》の口だった。

千夜の姿がふっと消えた。舞台へ続く階段を駆け上がる音がする。喜三郎もすぐに階段に向かった。

舞台上には……。

何も無かった。

千夜が茫然と舞台袖に突っ立っているだけだ。

舞台からは、整然と区切られた枡席《ますせき》が見えた。小芝居の客席は土間が普通だが、鴻鵠楼は板張りだ。二階には席はなく、舞台を照らす提灯《ちょうちん》がずらりと並んでいた。そのすべてに明かりが灯っている。

それは、かつての賑《にぎ》わいを再現しているかのような光景だったが、当然、客は一人もいない。

明かりを受けた舞台には、お囃子《はやし》もなく演者もいなかった。

いつしか鳴り物の音も止んでいる。

「いったい、これは……」

喜三郎は絶句していた。

「今にも芝居が始まるかと……」

千夜もまた唖然としている。

「嬢はん、こっちへ来ておくれやす」

ふとあることを思い立った喜三郎は、千夜の手を取ると、舞台の端に設えてあった階段を降り始めた。ここから客席に入れる。

喜三郎は千夜を連れて、中心にある枡席に行き、そこに腰を下ろした。

「どないしはるんどす？」

怪訝《けげん》そうに千夜が尋ねてくる。

「ここで舞台を見るんや。これから芝居が始まる、そない思うて……」

周囲の提灯の光を受けて、舞台は明るく浮き上がっていた。鳴り物の途絶えた小屋は、今は、しーんと静まり返っている。

舞台の背景はなく、板壁が剝《む》き出しのままだ。

しばらく待っていると、再び鳴り物が始まり、拍子木を打つ音が聞こえてきた。

だが、その後は何も起こらず、音はまたもや、ふっと消えてしまった。

「どういうことやろ」

喜三郎は首を傾げた。何者が音を出しているのかは分からなかったが、怖さよりも、疑問の方が頭を過《よぎ》る。

「以前の月灯会を思い出しますなあ」

隣に座っていた千夜がぽつりと呟いた。

「茂兵衛さんが生きてはった頃の月灯会どす。始まるのも、丁度、今時分どした」

「ああ、そうやった」

喜三郎も思い出していた。

「鳴り物の始まりも、当時と同じじゃや、足らんのは……」

喜三郎は片手を口の側に当てると、舞台に向かって大声で叫ぶ。

「よっ、待ってましたっ」

喜三郎の突然の行動に、最初は驚いていた千夜だったが、すぐさま「待ってましたえっ」と声を張り上げる。

チン……、シャン……、トトントン……。

鳴り物が聞こえた。喜三郎は思わず千夜に目を向ける。

「あれを見ておくれやす」

千夜が声を上げた。喜三郎は、千夜が指差す舞台に視線を戻した。

舞台には何もない。だが、桜の花びらが、雪片のように舞い落ちていた。花びらは舞台上だけでなく、客席にまで降り注いでいる。

演者を呼び出す拍子木が、早く早くと急《せ》かすように打ち鳴らされている。それが、いつまでも続いているのだ。

「役者がいてへんのや」

喜三郎はやっと腑《ふ》に落ちた。

「役者なんぞ、端《はな》からいてしまへんえ」

戸惑うように千夜は言った。

「待ってるんや」

なぜかそう思えた。

「舞台の幕は上がってる。客も、たった二人やけど入ってる。鳴り物も始まった。せやけど肝心の役者がいてへん」

待っているのは、鴻鵠楼そのもののような気がした。

茂兵衛が死に、小屋は閉められ、客の賑わいも消えてしまった。それを寂しいと感じているのは、何も「人」だけではなかったのだ。

(鴻鵠楼は、芝居小屋として造られたんや)

そうして、芝居小屋として生きてきた。今、興行を一番望んでいるのは、この鴻鵠楼なのではないか。

その時だった。鳴り物の中に、バラン……、と意外な音が混じったのだ。琵琶だった。

太鼓、小太鼓、鼓《つづみ》、三味線……、それらの鳴り物の音がぷつりと途絶え、今度は、バラバラ、バラン……と琵琶の音がそれに取って代わった。

舞台に向かって右側に、囃子方《はやしかた》がいる。黒御簾《くろみす》が掛かっていてはっきりしないが、人影らしき物は見えた。人影は琵琶を抱えて座っている。膝の上に立てた琵琶を奏でる袖の辺りに、赤い色が躍っていた。琵琶の音も、通常の物ほど太くなく、繊細で高音だ。

(あれは、緋衣《ひえ》……、やはり、無情)

喜三郎が胸の内で呟いた時だ。

――花は朧《おぼろ》の月の下《もと》。舞って巻かれて、春の宵。追うて追われて、桂川《かつらがわ》。渡るに渡れぬ、渡月橋《とげつきょう》……――

突如、朗々とした声が、琵琶の旋律に乗って語り出したのだ。それは清らかで、冴《さ》え冴《ざ》えとした美声だった。

「喜三郎さん、あれを……」

千夜が喜三郎の腕にしがみつく。見ると、桜の花びらが降りしきる舞台に、一人の女人《にょにん》の姿が浮かび上がっていた。

舞扇《まいおうぎ》がさあっと開いた。華やかな錦の打掛《うちかけ》が、一瞬で舞台の上に豪華絢爛《けんらん》の花を咲かせる。

島田髷《しまだまげ》に結った髪は、鼈甲や珊瑚《さんご》の笄《こうがい》や金銀の簪《かんざし》で飾られていた。

――恋は舞い散る花の中。風が謳《うた》うや、君恋し。出逢いは別れの、嵐山。一人残され舞う蝶《ちょう》の、命も消えし、夜の闇……――

琵琶の音に合わせ、冥界《めいかい》から現れたような演者は、ただひたすら舞い続けた。足音一つさせず、まるで蝶の化身であるかのように、軽々と身を翻し、また腰を低く落としたかと思えば、凛とした立ち姿でくるりと回ってみせる。

無情の語りの抑揚も、波のように上下して、時に切なく、時には華やぎ、演者の心情を訴えてくる。こうして鳴り物が琵琶のみという珍しい舞台が、喜三郎と千夜の前で繰り広げられた。

「孤蝶舞《こちょうまい》や」

千夜が涙声でそう言った。

「夢屋新之丞《ゆめのやしんのじょう》が、得意にしてはった……」

（ゆめのや……、聞いたことがある）

十年近くも昔の話だ。

祖母のお豊の死で、十二歳の時に多嘉良屋に戻された喜三郎は、それから二年ほど、富之助から芝居小屋通いを禁じられていた。商売のいろはを叩き込まれていた頃だ。

十四歳のある日、こっそりと芝居小屋に行ったことが知られて、喜三郎は富之助から大目玉を喰らった。その時、二番目の兄、吉次郎が、こう言ってとりなしてくれた。

――芝居小屋は、粋筋《いきすじ》の客が仰山来《ぎょうさん》はります。客の着物や、役者の衣装を見るのんも、呉服商いをするのに大いに役に立ちます――

以来、喜三郎は吉次郎には頭が上がらなくなった。

堂々と芝居見物ができるようになった喜三郎は、せっせと鴻鵠楼へ通った。小屋主の茂兵衛と顔見知りだったこともあるが、丁度その頃、鴻鵠楼で打っていた芝居が、京中の評判を呼んでいたからだ。それが「孤蝶夢《こちょうむ》」だった。

　春、満開の桜の中、花見に来た武士が、二匹の蝶が舞っているのを見た。どうやら番《つがい》らしい。酒の酔いも手伝って、武士は己の剣の腕を披露しようと、仲間の前で刀を抜いた。そうして、互いに寄り添うようにして舞い飛んでいる二匹の蝶に向かって、刀を振り下ろしたのだ。刃は見事に、一羽の蝶を真っ二つに裂いた。仲間たちは、「見事、見事」と誉めそやす。残された蝶は……。

「美しい女人の姿となって、武士の夢に現れるんや。夜毎《よごと》に見る夢の中で、武士は、その女人に心を奪われてしまう。しまいには魂まで奪われて、目覚める度に、女が消えてしまうことを憂えるようになり……」

　蝶を斬ったその刀で、武士はついに自害して果ててしまった。それが、片割れを殺された蝶の仇討ちだった。

「女形《おやま》の役者やった夢屋新之丞が、武士の夢の中で舞う場面は、それは哀れで、美しゅうて……。大方の客が泣いていたんを覚えてる」

　そう言ってから、喜三郎は改めて隣にいる千夜に目を向けた。喜三郎の話を聞いているのかいないのか、千夜からは何の反応もない。ただ溢れる涙を拭《ぬぐ》いもせずに、食い入るように舞台を見つめている。

「千夜さん、一蝶堂で売り出した、『孤蝶の夢』の銘は、芝居の『孤蝶夢』から取ったんと違いますか」

返事は聞くまでもなかった。

喜三郎の声など千夜の耳には届いていない。千夜は枡席を越えて通路に出ると、小走りで舞台へ向かった。

その間も、無情の語りは続いている。

――逢うに逢えない逢坂《おうさか》は、越えては行けぬ恋の関。一人寝る夜に吹く風は、寂し悲しと聞こゆるも、せめて夢で逢えるなら、命果てても……――

それまで舞っていた新之丞の動きがぱたっと止まった。先ほどまで掻き鳴らされていた琵琶の音が、ビイン、バランと響いたかと思うと……。

――悔やむまじぃぃぃ……――

余韻を引く語りと共に、バンと強く鳴って音は止んだ。

新之丞は扇を持つ手を高く掲げていた。琵琶が止むと同時に、その手から扇が落ちる。

ひらひらと落ちて行く扇の姿は、全身全霊で舞い、ついに力尽きた蝶のように見えた。

「新之丞さまっ」

千夜は声を上げて、舞台端の階段を駆け上がった。蝶の化身となった新之丞もまた、その場に倒れ込んでいた。

千夜は新之丞の傍らに寄り、震える声で呼びかけた。

「うちは新之丞様が好きやった。せやのに、なんで姿を消さはったんどすか。うちは何もかも捨てる覚悟やったんどすえ」

新之丞がゆっくりと顔を上げ、半身を起こした。千夜もまた、両膝を突いて新之丞の顔を覗き込んでいる。

「千夜さん、あかんっ」

喜三郎は舞台に上がると、千夜に向かって声を上げた。

「近づいたらあかん。それは、人やないっ」

無数の提灯の明かりに浮かび上がった顔の白さは、白粉《おしろい》によるものではなかった。琵琶の音が止んだ途端に、新之丞からは生気というものが全く感じられなくなった。まるで、人形にでも変わったかのようだ。

降りしきっていた桜の花びらも、いつの間にか消えていた。

「なんぞ言うて下さい」

千夜は喜三郎の言葉にも耳を貸さず、新之丞に懇願するように言った。

「いつか、きっと鴻鵠楼に戻ってきてくれはる。そない思うて待ってました。それまで、鴻鵠楼を守り続けようと……」

千夜は震える手を伸ばし、新之丞の顔に触れようとした。

「あかん、て、言うてるやろっ」

喜三郎は千夜の両肩を後ろから摑むと、急いで新之丞から引き離した。

「よう見ておくれやす。新之丞が舞台に上がっていたのは、わてが十四の時や。九年も前のことどすえ」

九年……。当時、新之丞は二十二歳ぐらいだったか。幾ら舞台化粧をしていても、十年近く経てば、容色も衰えている筈だ。しかし、今、目の前にいる新之丞は、京を沸かしたあの頃の名女形《おやま》のままだ。

「これは今生《こんじょう》のもんやない。早《はよ》うここから離れた方がええ。せやないと、取り憑《つ》かれてしまう」

だが、千夜は案ずる喜三郎の手を振り払った。

「新之丞様は目の前にいてはる。やっと、うちを迎えに来てくれはったんや」

千夜は、新之丞の胸に飛び込んでいくと、両腕をその身体に回し、抱き締めようとした。その瞬間、それまで舞台を照らしていた提灯の明かりが消えた。わずかな蠟燭が、舞台の袖で燃えているだけだ。新之丞の姿が青白く光り、ぼうっと薄闇に浮かんでいる。

「新之丞様っ」

千夜は泣きながら、なおも新之丞に縋《すが》ろうと両腕を伸ばした。だが、その手は虚《むな》しく空《くう》を掻くだけだ。

二人の間に何があったのか、喜三郎にもおおよそ分かった。「孤蝶夢」が鴻鵠楼に掛かっていた時、千夜は十五歳だった。新之丞は、その美貌で妙齢の女たちばかりか、若い娘の心をも奪っていた。

千夜もまた、そうした娘の一人であったのだろう。

「新之丞は、千夜さんを騙《だま》したんや」

喜三郎の胸の内に、しだいに怒りが湧いてきた。

(自分に想いを寄せる千夜を騙し、弄《もてあそ》んで捨てたんや。どないな死に方をしたんか知らんが、きっと、天罰が当たったんや)

そう思っていた時だ。

「喜三郎、幕を下ろせ」

静かな声が背後で聞こえた。喜三郎は驚きのあまり跳び上がりそうになった。

慌てて振り返ったそこには、緋衣の上に黒い法衣をまとった、無情が立っていた。

両手で琵琶を抱えている。最初に見た時と同じ細い弦だ。やはりバチは手にしてはいない。

「幕を下ろせ、て、どういうことどす？」

呆気に取られて問い返す。

「芝居が終わったのだ。それを教えてやらねば、あの女人は今に狂うぞ」

改めて千夜を見た。千夜は新之丞に触れようと、必死で周りを探っている。

（芝居は終わった。せや、幕は下りたんや）

だが緞帳は古くなり、今は取り払われている。

喜三郎は千夜の心に届けとばかりに声を張り上げた。

「とざい、とぉぉざぃぃぃぃぃ。只今《ただいま》の演目は『孤蝶夢』より『夢舞いの段』、相勤めましたるは、当代切っての名女形、夢屋新之丞にて、本日はこれぎり、舞い納めにございまするぅぅぅ……」

口上の余韻が残る中、芝居の終わりを告げる打ち出し大太鼓が鳴り始めたかと思うと、最後に一回、拍子木がチョンと締めた。同時に、残っていた蠟燭の明かりがすべて消えてしまう。

「終わったようやな」

清韻の声がして、喜三郎は我に返った。いつからそこにいたのか、舞台袖に、燭台を手にした清韻がいた。

すでに新之丞の姿は消え、さっきまで新之丞のいた舞台の真ん中には、千夜が放心したように座っているだけだ。

「嬢はん、大丈夫どすか」

喜三郎は千夜に近寄った。清韻がやって来て蠟燭を近づけた。千夜は、ぼんやりとした目で、喜三郎を見上げた。

「あれは、夢やったんやろか。今まで、新之丞様がいてはったのに……」

「新之丞との間に、何があったんどすか？」

喜三郎は千夜に問いかけた。どう考えても、人気役者と御贔屓《ごひいき》というだけの間柄ではなさそうだ。

「うちが、初めて恋をしたお人や」

千夜はぽつりと言った。

「鴻鵠楼で孤蝶の夢舞いを見た時から、あまりにも美しゅうて、心を奪われてしもうたんどす」

それから千夜は、新之丞の舞台のある日は、ほとんど毎日のように鴻鵠楼へ通った。

「丁度、春の終わりの頃どした。新之丞様は一座と共に、近江《おうみ》へ行くて言わはりました」

近江からさらに東へ向かい、江戸へ出る。そこから東北の各所を巡り、再び、京へ戻ってくるのは、おそらく、三年の後……。

――うちも連れて行っておくれやす――

千夜は必死の思いで新之丞に頼み込んだ。

「家を捨て、京を捨ててでも、うちは新之丞様と離れとうはなかったんどす」

千夜の激しい想いを、新之丞は受け止めてくれた。

――再び京で逢《お》うた時、千夜の気持ちが変わっていなければ夫婦《めおと》になろう――

「新之丞様は、そう約束してくれはりました」

だが、それきり新之丞は京には現れなかった。

「うちは、新之丞様が戻るのを待ち続けました。せやのに、三年経っても、四年経っても、五年経っても、うちの前に姿を見せることはなかったんどす」

その間、縁談は幾つも舞い込んできたが、千夜はそれをことごとく断り続けた。

「あれから九年が経ちました。最近多平次さんが、鴻鵠楼を売ろうとしてはると聞きました。鴻鵠楼は何がなんでも遺さなあかん。せやないと、新之丞様が戻った時、芝居を打つ小屋がのうなってしまう。今さら夫婦になれるとは思うてしまへん。ただもう一度、新之丞様が舞台で舞う姿が見たい。うちは、そない思うて、鴻鵠楼を買い取ることにしたんどす」

「せやけど、今しがた見た新之丞は……」

喜三郎は振り返ると、無情を見た。

「幻やて思います。その幻を見せたんは、無情はん、あんさんでっしゃろ」

喜三郎はそう言って、無情の抱える琵琶を指差した。

「その琵琶は尋常やない。あんさんは琵琶で、わてや千夜さんに何かの術を掛けた。そうと違いますか？」

喜三郎は、声音を強めて無情に迫る。

「この鴻鵠楼で、人はこの世の憂《う》さを晴らしていた。そんな多くの人の想いを呑み込んだ鴻鵠楼に、いつしか魂が宿った。芝居小屋の見る夢は、客席一杯の人で活気に満ち溢れた日々だ。ところが、茂兵衛という小屋主の死で、鴻鵠楼は閉められてしまった」

無情はそう言いつつ、天井を仰いだ。すると、まるでその話に同意するように、再び二階に吊《つ》るされている提灯に、次々に明かりが灯り始めたのだ。

たちまち、小屋の中は明るさを取り戻していた。

「月灯会は夜に行われる。夜毎のように聞こえてきた鳴り物は、芝居の始まりを告げるためのものだった」

「せやけど、舞台は宵の口から始まります。鳴り物は深夜に聞こえるて……」

「客が入らないのに、始める訳にはいくまい」

無情はもっともなことを言う。

「客を待ち続けても、誰も入らない。仕方なく、終《しま》いの鳴り物を聞かせるしかなかった」

「鴻鵠楼が、どすか?」

喜三郎は首を傾げる。

「物にも魂はあるんや。箱や桶《おけ》にかて魂はある。建物も人を入れる大きな箱や。そない考えたら何もおかしゅうはない」

清韻が口を開いた。

「今宵《こよい》、やっと客が入ったんや。始まりのお囃子も拍子木も、お前たちが入ったのが切っ掛けで始まった。喜三郎、お前にもそれが分かったさかい、役者を舞台に呼び出したんと違うか?」

——よっ、待ってましたっ——

確かに、後は役者が舞台に上がるだけだった。喜三郎は、それに気づいて声をかけてみたのだ。

「せやけど、まさか現れたのが……」

と言いかけて、再び無情にこう尋ねる。

「さっきの新之丞、もしかして、幻やのうて、幽霊？」

「夢屋新之丞の霊魂というべきだな」

　無情が答えた瞬間だった。「待っておくれやす」と千夜が声を上げた。

「ほな、新之丞様は、すでにこの世のお人やない、て、そない言わはるんどすか」

　詰問《きつもん》するように千夜は言った。どうでも認めたくはないようだ。

「幻と言うた方が、少しは気が楽かもしれまへんけどな。嬢はんだけやのうて、わてもこの目でちゃんと見たんや。あれは確かに幽霊に近かった。もし、そうやとしたら、新之丞は、嬢はんとの約束を果たすために、この鴻鵠楼へ戻ってきたんやろう。わてはてっきり、嬢はんを騙した悪い男や、て思うてましたんやけど、そうやない、実《じつ》のあるええ男やったんやて思います」

「実というものが、その男に本当にあったのかどうかは知らぬが……」

　相変わらず、淡々とした口ぶりで無情は言った。

「あなたに、どうしても謝りたいと言うていた。そうしなければ、未練が残ってあの世へは行けぬと」

「それは、どういうことどす？」

　喜三郎が問いかける。

「新之丞は約束通り、京へ戻ろうとしてはった。その途中で命を落とした。そういうことどすやろか？」

「私が京へ入ったのは、半月ほど前だ」

無情はおもむろに語り出した。その静謐《せいひつ》な声に、喜三郎の興奮もしだいに収まっていた。千夜もおそらく冷静さを取り戻しているのだろう。真剣な眼差しで無情を見つめている。

「近江から京へと続く峠で、私は新之丞の霊魂と出逢った」

京を目前にして、新之丞の一座は、運悪く盗賊と出くわした。逃げようとした新之丞は崖から足を踏み外し、渓谷に転落して死んでしまった。人気役者を失った一座には、もはや日が当たることはなくなった。

「私は水場を探していて、新之丞を見つけたのだ」

無情は亡骸《なきがら》を埋葬してやった。だが、その霊魂はその場から動こうとはしない。

――頼みがあるなら聞いてやろう――

無情は新之丞の霊魂に問いかけた。

「約束を果たしたいと、新之丞は言った。すでに六年も過ぎてしまったが、どうしても逢いたい女人がいるのだ、と。その願いが叶わぬ限り、この世を去ることができぬ、と」

「未練の鎖、ちゅうやつどすな」

無情の言葉に喜三郎は頷いた。しかし、すぐに「せやけど」と疑問を口にする。

「魂だけになったんやったら、空を飛んで、千夜さんに逢いに行けばええんと違いますか？　出逢うかどうかも分からへん、無情はんを待つよりも……」

すると、「喜三郎よ」と清韻が口を挟んだ。

「魂の姿なんぞ、通常、人の目に見えるもんやあらへん」

「それはそうどすけど……」

喜三郎はなんだか煮え切らない。

「鴻鵠楼に鳴り物が響いたり、提灯に明かりが灯ったりしたんは？」

「無情はんがいてたからや」

と、清韻は即座に答えた。

「お稲さんは、怪しい出来事は六月に入ってから始まった、て言うてはりました。無情はんは、その頃には妙音寺に来てはったんどすか」

喜三郎は改めて視線を無情に向ける。

「半月ほど前から私は毎晩のように、鴻鵠楼へ足を運んでいる。その度に……」

無情は天井を見上げると、首をぐるりと巡らせた。

「鴻鵠楼の霊魂が、騒ぎ立てるのだ」

「いったい、どうしてそないなことができるんどすか？」

どうやら鴻鵠楼の怪は、無情が引き起こしていたらしい。

「私の琵琶には、迷っている霊魂は呼び寄せ、眠っている霊魂は目覚めさせる力がある」

「その琵琶が、さっきの新之丞の舞台を見せてくれはったんどすな」

喜三郎はしみじみと呟いた。

「鴻鵠楼の役者にとって、十五夜の月灯会は、一番の花道や。新之丞は、その最後の晴れ舞台を千夜さんに見せたかったんやな」

「三年後、八月の月灯会の晩に再び逢おう。それが約束どした」

千夜は涙を流しながら言った。

「約束の日には間に合わへんかったけど、新之丞様は見事な舞いをうちに見せてくれはった」

千夜は両手で顔を覆った。細い肩が小刻みに震えている。嬉しさと悲しさと、おそらくその両方の思いで、千夜の胸は潰れそうになっているのだろう。喜三郎は思わず抱きしめてやりたい衝動に駆られていた。

「教えておくれやす。新之丞様は、まだここにいてはるんどすか?」

やがて千夜は涙を拭うと、気丈な態度で無情に尋ねた。

無情は抱えていた琵琶をバランと鳴らし、「そこに」と言って視線を上げた。

見ると、千夜の頭よりわずかに上の辺りで、一匹の金色の蝶が舞い飛んでいる。

蝶は花弁のように降ってきて、差し伸ばした千夜の掌の上に止まった。

「これが、新之丞様」

千夜はそう呟くと、もう片方の手でそっと蝶に触れようとする。だが、蝶はそれより早く再び舞い上がり、千夜の周囲を二、三度飛んでから、すうっと消えてしまった。まるで、永遠の別れを告げるように……。

「この後は、新之丞のことは忘れて生きよ。新之丞もそれを望んでおる」

無情はそう言うと、再び、バランと弦を弾いた。その瞬間、千夜の身体が大きく傾き、その場に倒れそうになった。慌てた喜三郎は、すぐさまその身体を受け止める。

喜三郎の腕の中で、千夜は意識を失っていた。

問いかけた喜三郎に、無情は大きく頷いて言った。

「無情はん、これは？」

「新之丞と千夜の芝居の本当の幕引きだ」

それから無情は身を翻すと、舞台の袖に向かって歩き出し、呆気に取られている喜三郎を残して姿を消してしまった。

その途端、それまで小屋の内部を照らしていた提灯の明かりが一斉に消えた。後は、清韻が手にしている燭台で、蠟燭の火が揺れているだけだ。

喜三郎は千夜を抱えながら、清韻を見上げた。

「いったい、何もんなんどすか。無情というあのお人は……？」

墨染の僧衣の下に緋衣を纏《まと》い、霊魂を操る琵琶を手にして、諸国を巡っている謎めいた琵琶法師……。

「わしもようは知らん」

清韻の答えは、実にあっさりしたものだった。

「わしが無情はんに逢《お》うたのは、七つか八つの頃や。わしは農家に生まれたんやが、飢饉《ききん》が続いて、一揆《いっき》が起こってな。危うく役人に殺されかけたところを、無情はんに救われた。両親と兄弟は、その折に命を落としたんや。無情はんは、わしを連れて各地を旅した後、京へ来て、洛外に在った寺に預けた。その後、わしは縁あって妙音寺の住職になったんや」

「ちょっと待っておくれやす」

訳が分からなくなった喜三郎は、強くかぶりを振った。

「その話がほんまやったら、あのお人の年齢は……？　どう見ても、わての二番目の兄さんと変わらしまへんえ」

「さあて」と、清韻は首を傾げた。

「わしよりは上やろう。せやけど、どれほど上かはわしも知らん」

「それやったら……」

思わず息を呑んで、喜三郎は言った。

「化け物やないですか」

ハハハと清韻は笑った。

「せや、無情はんは化け物や。せやけど、あないに綺麗な化け物やったら、惑わされてみたいと思わへんか」

「そりゃあ、まあ、そうどすけど……」

喜三郎は、妙に納得してしまう。

「『不磨《ふま》』といううんやそうや」

清韻は急に真顔になった。

「不朽、不滅と同じような意味で、年を取ることなく、生き続けるんやとか……」

「不老不死どすか。幸せなことどすな」

もはや返事もおざなりになる。真剣に考えたところで、理解できる内容ではなかったからだ。

「なんも幸せやあらへん」と、清韻は渋い顔になる。

「無情はんにとって、この世は地獄なんや。不磨の役目は、地獄を渡り歩き、できる限り多くの魂を極楽へ送ることやとか」

「なんで、そないな役目を負わなならんのですか？」

喜三郎は首を捻《ひね》る。面白可笑《おか》しく生きられるなら、不老不死も楽しいだろう。しかし、どう考えても、不磨の生き方は重苦しく思える。

「無情はんは、已が罪人《つみびと》やからや、て言わはるが、詳しいことはわしにも分からん」

清韻はこの話は終わりだとばかり、喜三郎を促す。

「そろそろ寺へ戻るさかい、お前は、千夜さんを一蝶堂まで送ってやるんや」

「せやけど、千夜さんがお供を待たせてはる、て」

「かまへん。お前が送ることに意味がある」

そう言われて、喜三郎は改めて清韻に尋ねる。

「どないな意味か知りまへんけど、向こうさんに、千夜さんとの関わりを聞かれても困りますよって」

「何を言うてんのや」

呆れたような目を、清韻は喜三郎に向けた。

「堂々と、名乗ったらええやないか。お前と千夜さんは許嫁《いいなずけ》同士なんやろ」

「まだ決まってしまへん。それに、わては三番目の婿にはなりとうないさかい、この話は断りたいぐらいで」

「阿呆やなあ」

清韻は呆れたように言った。

「あないな噂話、ほんまに信じてるんかいな」

「せやけど、わてらの間では、もっぱらの噂で……」

「あれは、千夜さんが自分で流した嘘話や」

「はあ」と、喜三郎の口から間の抜けた声が漏れた。

「考えてみ。新之丞一筋で生きて来た千夜さんやで。他から縁談が来ぃひんように、知り合いを通じて、こっそり悪い噂を流してたんや」

「ほんまどすか」

「ほんまも何も、馬に蹴られて死んだもんが、どこの誰か分かってはるんか？　まあ、若《わこ》うても病で亡くなることはあるさかい、信じるもんがいてもおかしゅうはないけど」

「それが嘘やて、どうして分かったんどすか？」

千夜を背に負って、喜三郎はさらに尋ねた。

「無情はんが調べはったんや。さっきも言うたやろ。あの人は魂を呼び出せる、て」

「ああ」と、喜三郎は頷いた。

おかしな夜や、と喜三郎は思う。

(こないな夜は、どないな話でも信じる気になる)

暗い廊下を蠟燭の炎を頼りに、三人は裏口から外へ出た。

見ると満月の下に、無情が立っている。琵琶の音が幽《かす》かに聞こえていた。その音に合わせるように、白い影が揺れている。

「あれは、新之丞やろか」

幽鬼《ゆうき》となった新之丞が、舞っているのだろうか……。

「無情はんに、礼をせなあかんな」

清韻が独り言のように呟いた。

「礼て、やっぱり『孤蝶の夢』どすか」

すかさず喜三郎は言った。

弐《に》ノ演　子隠《こがくし》の辻《つじ》

其の一　多嘉良屋《たからや》

千夜を背に負いながら夜の京を歩き続けた喜三郎が、三条堺町の「一蝶堂」へ辿りついた時には、すでに深夜になっていた。

三条通に面した店の横に、玄関へ通じる門がある。大声を出すのは憚《はばか》られたので、拳で幾度か門扉《もんぴ》を叩いていると、小半時《こはんとき》（約三十分）近く待たされた揚げ句、やっと「どなたはんどすやろ」と、年配の男の声が聞こえてきた。

「お宅の嬢《とう》はんをお連れしました」

喜三郎が早口で告げると、門はすぐに開いた。

現れたのは五十代半ばの男だ。これが主人の宗兵衛なのだろう。宗兵衛は手にした灯火を突き出して、喜三郎の顔を確かめようとする。

「御主人どすか。わては『多嘉良屋』の喜三郎てもんどす」

喜三郎は玄関に向かうと、上がり框《がまち》に腰をかけて、千夜の身体を玄関先の小座敷に寝かせた。

その頃になると、家の奥から、家人やら使用人等が次々と姿を見せ始めた。

「あんさん、娘に何をしはったんどすか？」

気を失っている千夜を見た宗兵衛が、険しい顔で問い詰めてきた。まるで、喜三郎がかどわかしでもしたような口ぶりだ。

「詳しい話は、嬢はんに聞いておくれやす」

喜三郎は大急ぎでそれだけ言うと、目の前に立ちはだかっている宗兵衛の脇をすり抜けるようにして、門から走り出た。町方でも呼ばれたら、釈明するのが面倒だ。

「これ、待て。待つんや」

宗兵衛は後を追おうとしたらしいが、さすがに若いだけあって、逃げ足は喜三郎の方が速い。

「なんちゅうやっちゃ」

宗兵衛の怒りの声を背中で聞きながら、喜三郎は夜の洛中を、ひたすら家へと向かって急いだ。

朝になったのか、家の中はいつも通りの慌ただしさだ。夏仕様の簾戸《すど》が日差しを遮っているので、部屋の中は薄暗い。

　家の裏木戸からこっそりと入り、足音に気をつけながら庭を横切って居室に向かった。簾戸を開け、四つん這いで部屋に入る。布団は、毎晩、お民が敷いておいてくれるので、後は転がり込むだけだった。

　いざ眠ろうとしたが、なかなか寝付けない。無理もなかった。これまで数多くの舞台を見てきた喜三郎だったが、琵琶の語りで幽霊が舞うというのは、生まれて初めてだったのだ。

　この世のものならぬ、怪しさと妖艶《ようえん》さに加えて、不気味さを通り越した美しさ、とでも言うのだろうか。

　あのような舞台を見せられた後では、たとえ矢倉芝居の歌舞伎興行でも、そうそう満足できるものではないだろう。

　さらに、心を摑んだのは……。

（あの無情の声ときたら……）

　喜三郎は、枕を抱え込むと、長い身体を折り畳むようにして縮こまった。

（あの幽玄の美を、鴻鵠楼の舞台に生かすことができれば……）

京において、鴻鵠楼の名前は一気に上がるだろう。

(そう言えば……)

喜三郎は改めて「水無瀬」で千夜と話したことを思い出した。

(わては、鴻鵠楼の小屋主になったんやった)

本当の主は、一蝶堂の千夜であったが……。

しかも興行するのに必要な「名代《なだい》」も、千夜が取ってくれる。つまり、喜三郎は鴻鵠楼を買い取る費用も、奉行所から名代の許しを得るのに必要な金も、一切払わなくとも良いのだ。

(それにしても……)

「婿殺し」の噂は、千夜が流した嘘だった。ゆえに、誰も「三番目の婿」になることはない。かと言って、喜三郎はまだ身を固めたいとは考えてはいなかった。それでも、千夜と話していて、心がひどく弾んでいたのは確かだ。

子供の頃から互いを知らないまま、同じ芝居小屋へ通い、同じ芝居を見て……。

(同じ場面で、笑って、泣いて……)

闘いの場面では、同じように両手を握り締めて、きっと食い入るように舞台を見つめていたことだろう。

まるで同志を得たような、そんな心強さがあった。

「喜三ぼん。まだ起きはらしまへんか？」

お民の影が簾戸越しに見える。

「朝飯か？」

喜三郎は、亀のように寝床から這い出した。

簾戸を開けると、かなり日も高くなっている。廊下には、呆れたような顔のお民がいた。

「もうお昼どすえ。何度も起こしたんどすけど、まるで死んだように寝てはりました」

お民は咎《とが》めるように言った。

「死んだ、て縁起でもない」

喜三郎はぶつぶつと文句を言った。昨夜の出来事がふと思い出された。とうに命の尽きていた新之丞が、千夜の前で舞いを披露した……。

だが、それも、眩しい日の光の中では、夢か幻のように思える。

「それより、旦那様が呼んではります」

お民は眉を顰《ひそ》めるようにして喜三郎に言った。

「今度は、何の小言やろ」

うーんと両腕を上げて、背伸びをしながら喜三郎はお民に聞いた。

「今朝方、『霧雨堂』の御主人が来てはりました。何やら話し込んでから、つい先ほど帰らはったところどす。その後から、旦那様の機嫌が悪うならはって……。喜三ぼんが、何かしはったんと違いますか？」

お民は怪訝そうに喜三郎の顔を見た。

「霧雨堂て、あの……」

（せや、わての縁組の話や）

慌てふためく喜三郎に、お民が冷静な声で言った。

「まずは顔を洗《あろ》うて……。それから、着物も替えた方が……」

「分かった。手拭いや。着替えも出してくれ」

お民の差し出した手拭いを摑むと、喜三郎は井戸端へ急いだ。

「親父様、すんまへん。えらい待たせてしもうて……」

そう言いつつ部屋へ飛び込んだ喜三郎を、富之助はじろりと睨んで迎え入れた。煙管を咥《くわ》えた口元が、せわしげに動いている。

富之助の前に正座した喜三郎は、思いきりその煙を吸い込み、ゴホゴホと咳き込んでしまった。

「お前、いったい、何をやらかしたんや」

富之助は煙管を置くと、いきなり喜三郎に問いかけた。

「何て……」と言いかけて、惚《とぼ》けるように喜三郎は首を傾げた。

「何のことどすやろ」

思い当たる節《ふし》は幾つもあった。

「一蝶堂との縁組の話や」

「あれどすか。どないなりました？」

彦右衛門が来たと聞いていたので、（やはりその話か）と思った。

「一蝶堂さんの方から、断ってきたそうや」

喜三郎の頭が、一瞬止まった。だが、次の瞬間、再びクルクルと回転し始める。

（つまり、わてとの縁組は反故《ほご》にされたんや）

そう思った途端、喜三郎は唇を閉じた。そうしなければ、笑いが零れそうだった。決して千夜を嫌っている訳ではない。「婿殺し」の噂も、新之丞恋しさに千夜自身が流したと分かった今は、むしろ可愛い女だと思える。しかし、今の喜三郎に所帯を持つ気はない。千夜に助けられたとはいえ、曲りなりにも鴻鵠楼の主になれたのだ。これからは、念願だった芝居の世界で、存分に生きていける。

千夜に対しては、確かに申し訳なさもある。婿を取る条件で、父親に金を出して貰ったのだ。しかも、相手を自ら選ぶことはできない。だが、千夜は、新之丞との思い出が詰まった鴻鵠楼が手に入るならば、どんな犠牲も厭わぬ筈だ。

(それに、父親ならば、娘の夫はしっかりと吟味して選ぶやろう)

喜三郎は、宗兵衛から娘の婿に相応《ふさわ》しい男ではない、そう判断された。ただそれだけなのだ。

(わてやない方が、千夜さんも幸せになれるやろう)

喜三郎が鴻鵠楼を発展させれば、千夜への恩も返せるだろう。

「朝早うに、宗兵衛はん自ら、霧雨堂を訪ねてきはったそうや」

富之助が再び口を開いた。

「多嘉良屋」の三男が、婿入りを承諾した、という話は、すでに彦右衛門の口から伝えられている。

「まだ正式に決まった訳でもあらへんのに、娘を呼び出し、夜が更けるまで酒を飲ませるとは言語道断や、言うて、えらい剣幕で怒ってはったそうや」

「待っておくれやす。わては千夜さんに、酒なんぞ飲ませた覚えは……」

「ないっちゅうんか?」

すかさず詰め寄られて、喜三郎は口籠《くちごも》ってしまう。何よりも、昨晩の出来事を、どう説明したら良いのか分からなかった。

「千夜さんは、どない言うてはるんどすか？」

――詳しい話は、嬢はんに聞いておくれやす――

宗兵衛にはそう言っておいた。

「肝心の嬢はんが、訳の分からんことを言うてはるそうや」

千夜は明け方になってようやく目を覚ました。初めはぼうっとして視線も定まらなかったが、何があったか問い詰めると、千夜はようやく重い口を開いた。

――心から好きやった人に、逢えたんどす――

――それは、お前を送ってきた、あの男か――

――違います。せやけど、逢わせてくれたんは、あの人のような気がします――

――ほな、好きやていうその男と一緒になりたいんやな――

すると、千夜はかぶりを振ってこう答えた。

――一緒になれへんのどす。もうこの世にはいてはらへんお人やさかい――

――いてへん、てどういうこっちゃ――

――六年も前に、命を落としてはって……――

――お前、今、その男と逢《お》うたて言うたやないか――

――せやさかい、そのお人が幽霊になって、うちに逢いに来てくれたんどす――

宗兵衛はすっかり呆れ返ってしまい、もはや言葉も出なくなった。その横で、それまで黙って聞いていた妻女がこう言った。

——旦さん。千夜を送ってきた男が怪しゅうおす。あの男が、何か薬でも盛ったんと違いますやろか——

——せや、清国《しん》にはアヘンちゅう、頭をおかしゅうさせる薬があるて聞いとる——

宗兵衛はそこで喜三郎の名前を思い出した。

——そう言えば、霧雨堂の彦右衛門さんが、多嘉良屋さんが縁組を承諾してくれた、て言うてはった。息子の名前は……——

——確か、喜三郎やったと思います——

そうこうしていると、千夜の供に付けていた使用人の辰吉《たつきち》が戻ってきた。

辰吉は、十九歳になる屈強な若者だった。酒樽や酒の瓶を運ぶ荷運びが役目だ。決して乱暴ではないが、喧嘩となれば負け知らずの腕を買って、千夜は外出時に、よく辰吉を連れ出していた。宗兵衛も辰吉を信頼し、娘を任せている。

ただ、人を相手にすれば怖いもの無しの辰吉だったが、たった一つだけ弱点があった。幽霊が怖いのだ。たとえ百物語のような作り話でも、誰かが語り出すと、すぐにその場からいなくなる。

——なぜ、千夜の側にいなかったんや——

辰吉は主人に叱られ、正直にこう答えた。

――嬢はんが、鴻鵠楼に幽霊の芝居を見にいく、て言わはるもんやさかい。向かいの小笹屋で待ってましたんや――

だが、なかなか千夜は戻らない。しだいに夜も更け、腹も減った。お稲が、気を利かせて出してくれた笹饅頭を食べると、眠気が襲ってきた。とうとう辰吉は小座敷で寝入ってしまい、起こされた時には、夜明け前の薄明の頃だった。

慌てて鴻鵠楼へ行くと、起き出したばかりの芳蔵が、井戸端で顔を洗っているのに出くわした。聞けば、鴻鵠楼には誰もいないという。

――昨晩、ここで芝居をやってはったんやろか――

芳蔵は首を傾げ、夜はよく眠るので何も知らない、と答え、さらには……。

――今の鴻鵠楼で芝居は打ってへん。何かの間違いやろ――

と一蹴されてしまった。

取り敢えず、芳蔵の案内で、芝居小屋の中を見て回ったが、何一つ変わったところはない。

千夜は辰吉に、「幽霊の芝居を見にいく」と言い、たった今、宗兵衛にも、逢いたい人が幽霊になって現れたと語った。

その言葉に宗兵衛は、やはり千夜は喜三郎という男に騙され、誰もいない鴻鵠楼に連れ込まれたのだ、と考えた。そこで宗兵衛は朝を待って、霧雨堂に駆け付けたのだ。

「もし、娘に手を出したんやったら、ただでは済まさへん、て、それはえらい剣幕やったそうや」

「わては、誓ってそないなことはしてしまへん」

喜三郎は慌てて否定した。

「当たり前や」

富之助は声を荒らげた。

「婿取り前の娘さんだけに、大っぴらに騒ぐことはできひん。彦右衛門さんも、それだけはあらへん、て宗兵衛はんを説得してくれた。縁組の話を白紙に戻す、てことで落ち着いたんや」

喜三郎にとっては不名誉ではあったが、婿入り話が消えたことは喜ばしかった。

(もしや、和尚の言わはった……)

――お前が送ることに意味がある――

(このことやったんやろか)

とは思ったが、父親に疑われたままでいるのは気分が悪い。

「よう分かりました。昨晩何があったか、話しますよって……」

喜三郎は千夜が鴻鵠楼を買うことになった経緯を、富之助に語った。本当は、自分が欲しかったのだが、金の目途《めど》がどうしても付けられなかったことも……。

「ところが、千夜さんが、なかなかの遣り手《やりて》どしてな。自分には酒屋としての仕事があるさかい、小屋主として、わてを雇うて言うてくれはったんどす」

「それやったら、何もわざわざ夜に出向かんかてええやろ」

「さあ、そこどすねん」

それから喜三郎は、勢い込んで語り始めた。

ここ最近、鴻鵠楼では夜になると鳴り物の音が聞こえてくるようになった。一応、買った手前、小屋主として詳細を調べる必要がある。

「わてと千夜さんで鴻鵠楼を訪ねたんどす」

千夜が冗談で「幽霊の芝居を見る」などと言ったせいで、辰吉は怖がって小笹屋で待つことになった。

「芳蔵はんは、日が暮れると、酒を飲んで寝てしまいます」

芳蔵が、目を覚ましそうもなかったので、二人で小屋の内部を見て回ることになった。

「わては子供の頃、鴻鵠楼へよう行ってました」

富之助の白毛混じりの太い眉が、ぴくりと動いた。お豊に関わる話になると、どうしても機嫌が悪くなるのだ。

「偶然にも、千夜さんも鴻鵠楼に通うてはったんどす」

二人はすっかり意気投合して、思い出話に花が咲いた。

「そこは、さすがに酒屋の嬢はんどす」

千夜は酒と肴を用意していた。

「舞台の上で、二人だけの酒宴が始まったんどすわ」

千夜は酒に強かったが、一時《いっとき》（約二時間）もしたら、すっかり酔い潰れてしまった。

「あないな所で寝かせて、風邪でも引かせたらわてが悪う言われる。せやさかい、背中に負うて、夜更けの京を、祇園から三条堺町まで歩いて運んだんどすわ」

喜三郎は口から出任《でまか》せの嘘を言って、わざとらしく己の肩を揉んだ。

「さすがにくたびれてしもうて……。起きるのも遅うなってしまいました」

寝坊の原因も千夜のせいだ、と喜三郎は暗に仄《ほの》めかす。

「それで、幽霊は出たんか?」

疑うように富之助は喜三郎を見る。

「阿呆なことを。そないなもん、いてますかいな。ただの噂どす」

富之助は両腕を組んで何やら考え始めた。すでに煙管も煙草盆に戻している。どうやら怒りは収まったらしい。喜三郎はほっと安堵の吐息を漏らした。真実ではないが、富之助を納得させるには他に方法がなかった。

「お前は、本気で芝居小屋をやるつもりなんやな」

やがて、富之助は念を押すように言った。

「へえ。自分の書いた芝居を鴻鵠楼で打つのが、わてのほんまにやりたいことどすねん」

喜三郎はまっすぐに父親を見つめると、きっぱりとそう言い切った。

「京の芝居小屋は、もうあかん。お前も知っとるやろ」

富之助は厳しい眼差しを喜三郎に向ける。

「年内には、小芝居の小屋は、すべて閉じさせられる、て噂もある」

「そうはならしまへん」

強い口調で言い放った喜三郎だったが、すぐに少しばかり声音を落としてこう言った。

「そりゃあ、一時は、そうなるかもしれまへん」

「せやけど」と、喜三郎は再び声を強める。

「京から芝居が消える筈はない。わてはそう信じてます」

「どうでも、芝居小屋をやるて言うんやな」

富之助の目が、喜三郎を見透《みす》かそうとするように細くなった。

「へえ、わてはやります」

喜三郎はそんな富之助を睨むようにして応じる。

「話は分かった。好きにやったらええ」

急に突き放すように言われて、喜三郎は一瞬、面食らってしまった。それまで張り詰めていた緊張の糸を、いきなりプツンと切られた気がする。

「ほんまに、ええんどすか」

恐る恐る問い返す。そんな息子に、富之助は厳しい目を向けた。

「仕方あらへん。芝居への未練が残ってる限り、他のことはなんもできひんやろう」

「婿入りの件は？」

「一蝶堂には断られたんや。そうええ話がある筈はないやろ」

「ほな、わてはまだ所帯を持たんかて、ええんどすな」

これでもう誰にも、何にも縛られず、好きな芝居の興行ができる、そう思うと、自ずと心が弾んだ。

「その代わり、家から出ていけ」

喜三郎は啞然として、父親の顔を見た。

「お前は小屋主なんや。親の許《もと》を出てもええ頃や」

「急に言われても……」

喜三郎は無言になった。頭の中ではいろんな思いがぶつかり合っている。

（どこに住んだらええんや。借りれば金がかかる。食事はどないする？　せや、いっそ、お民を連れ出して……）

あれこれ考えていると、富之助が喜三郎の顔を覗き込んできた。

「別に無理にとは言うてへん。芝居なんぞ諦めて、大人しゅう店を手伝《てつど》うたらええんや。いずれ、大坂にも出店を持とうて考えとる。お前にそこを任してやってもええんやで」

富之助は、優しげな声で誘うように言った。

「そないなったら、お前かて一国一城の主や。婿に行かんかてええ。ええ嫁も貰える」

「親父様っ」

喜三郎は父親の前に両手を突くと、畳に額をこすりつけた。

「不肖の息子、喜三郎、この度、晴れて独り立ちすることと相成りました。長い間、お世話いただき、まことにありがたく存じ入ります。いずれ、きっちりと御恩に報いる所存。それではこれにて、おさらば、ごめん……」

早口で、聞き覚えのある芝居の口上を言い終わるや、喜三郎はさあっと富之助の部屋から飛び出していった。

其の二　妙音寺《みようおんじ》

多嘉良屋を出た喜三郎の足は、自然と妙音寺に向かっていた。せっかく芝居の仕事を認めて貰えたのだ。あのまま家にいると、いつ富之助の気が変わるか分からない。実際、富之助は、大坂の出店の話を持ち出した。家から出ていくのが嫌さに、喜三郎がその話に乗るとでも考えたようだ。

とは言うものの、喜三郎は着の身着のままで家を出た。着替えどころか、財布も置いてきた。もっとも財布の銭は、月の始めに、富之助から貰った小遣いだ。

(わては、今まで、親の脛《すね》を齧《かじ》って生きてたんやな)

改めてそのことに気がついた。さらには、孝一郎や吉次郎からも小遣いを貰っていた。

――兄《あに》さん、おおきに――

気軽に受け取ると、すぐさま友人等と遊びにいった。今となっては、その行動が恥ずかしい。

(これからは、鴻鵠楼を守って、しっかり稼がなあかん)

心にそう強く誓いながら、喜三郎は妙音寺へと急いだ。


「……と、言う訳どすねん」

妙音寺の厨《くりや》に続く小座敷で、喜三郎は茶づけを大急ぎで掻き込んでから、清韻に父親との経緯を語った。朝食を摂っていなかったので、清韻の顔を見るなり、何か食べさせて欲しいと頼んだのだ。

清韻は手早く冷や飯と漬物を用意してくれた。

「無情はんは、どないしてはります？」

昨夜は不思議な出来事ばかりだった。あの時は納得できたことも、一夜明けてみれば夢物語そのものだ。

（あれは、ほんまの出来事やったんやろか）

必要に迫られて富之助についた嘘の方が、むしろ真実味がある。

「座敷で休んではる。静かにしとくんやで」

すかさず清韻が釘を刺す。まるで、喜三郎が質問攻めにすると予測したかのようだ。

「それより、これからどないするつもりや。家を出て、行く当てはあるんか？」

案ずるような清韻の顔に、喜三郎はにっこりと笑いかけた。

「あります。せやさかい、ここへ来たんどすわ」

その言葉に、清韻は訝《いぶか》しそうな目を喜三郎に向けた。

「わても、ここに住まわせて貰います。無情はんかて居てはるんや。わての一人ぐらい増えても、かましまへんやろ」

清韻はしばらく考え込んでからこう答えた。

「本堂と庫裏《くり》の掃除、食事の支度と、風呂の用意をするんやったら、ここに置いてやってもええ」

「それは、あんまりにも殺生《せっしょう》や」

喜三郎は大仰《おおぎょう》に嘆いて見せた。

「料理なんぞできしまへん。掃除かて、こない広い場所を一人では……」

「ほな、風呂の支度と、本堂の掃除だけやったらどうや」

清韻も、はなから期待はしていなかったようだ。

「それやったら、よろしおす」

「留守番も頼むわ」

清韻はどさくさに紛れて、さらりと喜三郎の仕事を追加する。

「へえ、ようおます。それくらいやったら……」

「これから出かける。お前が居てくれるんやったら安心や」

「檀家《だんか》さんどすか？」

最近、清韻はあまり檀家回りをしていない筈だ。喜三郎は少しばかり疑問を感じた。

「それに、今まで留守番を置いたことはあらしまへんやろ」

――寺に盗みに入るもんはいてへん。もしいたとしたら、よほど暮らしに困ってはんのやろ。入用《いりよう》なもんは持っていったらええ――

それが、日頃の清韻の口癖だった。

「今は無情はんがいてはる。あのお人を一人にはしておけへんさかい、出るに出られず困ってたんや」

それが、どうやら清韻の本音のようだ。

喜三郎は呆れた。

「小さな子供やあるまいし、無情はんは大の大人や。一人でいたかて、どうってことはあらへんやろに」

「大人」どころか、昨晩の清韻の言葉を信じるならば、「不老不死」だか「長寿」の男だ。

（確か、「不磨」とか言うてはった……）

やはり、到底信じられる話ではない。

「とにかく、あのお人を、無闇に人に逢わせとうないんや」

清韻は眉間の辺りを曇らせる。

「まあ、少々変わったお人のようどすさかい……」

理由は分からなくもない、喜三郎は胸の内で呟いた。

(何しろ、あの美貌や)

老いも若きも、女子という女子は一目で心を奪われてしまうかもしれない。

(いいや、女子ばかりとは限らへんな)

誰であろうと、見る者の心を妙に騒がせるのは確かだ。

「わてが見張ってますさかい、任せといておくれやす」

喜三郎は己の胸をドンと叩く。

「見張る、て、お前も余計なことはするんやないで」

清韻は疑い深い目で喜三郎を見た。

「無情はんの部屋には入ったらあかん。静かにそうっとしとくんや。あのお人を怒らせたら、えらいことになるよって……」

「えらいこと、て、どないなことどす」

喜三郎の好奇心がちくりと疼《うず》いた。

「それはええ」

清韻は言葉を濁す。

「無情はんは人を避けたがる。お前を相手にしたのが珍しいくらいや。調子に乗って馴れ馴れしい態度を取ると、機嫌を損ねるかもしれん。気をつけるんやで」

清韻は喜三郎に早口で告げると、慌ただしく寺を出ていった。

（御坊も、御坊や）

清韻に恨み言の一つも言いたくなった。喜三郎がどれほど好奇心が強く、知りたがりなのかは、子供の頃からの付き合いでよく分かっている筈なのに……。

喜三郎は廊下へ出た。中庭を挟んだ向かい側の座敷に、無情はいる。おそらく眠っているのだろう。

ふと、昨晩の新之丞の舞台を思い出した。人の霊魂に生前の姿を写して舞わせるのは、やはり大変な力がいるのではないだろうか。

喜三郎は足音を忍ばせるようにして、右側の渡り廊下に向かった。ここから無情のいる座敷に行ける。

（静かにしてたらええんや）

さすがに暑いので、入り口の簾《すだれ》が少しばかり巻き上げてあった。その隙間から様子を窺《うかが》い、起きているようならすぐにその場を離れ、眠っているのなら、できるだけ近くに寄ってみよう……。

（眠れば本性が顕《あらわ》れるかもしれん）

芝居には、人に化けた狐の話もある。化け物や妖怪は、大抵、眠っている時に油断するものだ。

（そもそも、化け物があないに美しい訳があらへん。もしかしたら、目も当てられんような凄《すさ》まじい姿かも。せやさかい、本性を知られんよう、人を避けているんや）

喜三郎は、勝手な想像を膨らませながら、じわりじわりと座敷に近づいていった。

風が簾をわずかに揺らしている。そう言えば、いつも煩《うるさ》いほど鳴いている蟬の声が、なぜか聞こえなくなっていた。まるで無情の眠りを妨げぬよう、周囲のすべての物が気を遣っているかのようだ。

ミシッと足元の床が鳴った。一瞬、喜三郎の身体が凍り付く。呼吸を止め、しばらく動かないでいたが、座敷からは、何の動きも伝わってこなかった。

喜三郎は腰を屈め、吊り下げられている簾と部屋の柱の隙間から、そっと中を覗いた。

簾で薄暗く陰っている部屋に、確かに無情はいた。寝ているとも起きているとも、どちらとも言えない姿だ。

僧衣を脱いだ緋衣の姿で、床の間の柱に片膝を立てた格好で凭《もた》れている。両腕でしっかりと琵琶を抱え込んでいた。まるで愛しい女人でも抱きしめているかのようだ。

両目は閉じられ、やや俯《うつむ》き加減でいるところを見ると、やはり寝入っているらしい。しかし、驚いたのはその髪だった。

絹の艶を放っていた長い黒髪が、真っ白に変わっていて、まるで雪の頭巾《ずきん》でも被っているようだった。その白髪《はくはつ》が、肩先から流れ落ち、鮮やかな緋衣の半身を覆っている。

それ以外は、変わった所は見られない。肌は白い玉を思わせ、形の良い黒い眉もそのままだ。

（人とは思えんのは、確かやな）

清韻が子供の頃に出会った時から、姿形が変わっていないという話も、到底信じられるものではなかったが、こうなると、そんなこともあるのか、と妙に納得してしまう。

喜三郎はもっとよく見ようと、指先で簾を押して隙間をわずかに広げた。

その時だ。無情の肩先から流れ落ちている幾筋かの髪が、まるで生き物のように動いて、彼が抱えている琵琶に巻き付いたのだ。髪はたちまち四本の弦に変わった。

真っ白な弦から、突如、ビーンと音が鳴った。無情の指先は、弦には触れていない。琵琶が己の意志で、音を奏でたように見えた。

さらに弦は震え、ビーン、バラーンとかすかな音色を出している。

全身に鳥肌が立った。

見てはいけないものを、見てしまった。咄嗟にそう思った。

(今すぐ、逃げなあかん)

だが、目が無情から離れない。

次の瞬間、無情が顔を起こした。無情の瞼《まぶた》が開き、ゆっくりとその顔を喜三郎の方へと向けてくる。

鼈甲色《べっこういろ》の双眸《そうぼう》が、暗がりで金色に輝いていた。驚いた喜三郎は、その場にどしんと腰を落とした。両腕で身体を支え、そのまま這って逃げようとした、その時だ。

「何をしてはるんどすか?」

女の声が頭の上から降ってきた。

顔を上げると、いつの間に来たのか、千夜が呆れたような顔で喜三郎を見下ろしている。

「嬢はん、なんでここに?」

慌てて立ち上がろうとして、縁先から落ちそうになる。

「玄関先で、声をかけましたんやけどなあ。誰も出てきはらへんさかい、勝手に上がらせて貰いましたんや」

喜三郎はようやく立ち上がると、着物の前を直しながら尋ねた。

「妙音寺になんの御用どす？」

部屋の中は妙に静かだ。覗き見をしたことで無情の怒りを買ったとしても、千夜がいれば何もできないだろう。ふと、そんな考えが頭に浮かんだ。

「あんさんに用があって、多嘉良屋へ行きましたんや。そうしたら……」

――息子は独り立ちしました。もうここには居てしまへん――

富之助が現れてそう告げた。

――どこへ行けば、逢えますやろか――

尋ねた千夜に、富之助は即座にこう答えた。

――行き先ならば分かります――

そう言って、お民という女中を案内に付けてくれた。

「着替えや財布も持たんと出ていかはったそうどすな。お民さんが言付《ことづ》かってます」

財布はありがたい、とすぐに思った。「お民は」と尋ねると、いつまで待っても返事がないので、千夜が預かり、お民を帰したのだと言う。

「お民さんは、辰吉に送らせました」

その時だ。

「中へ入って貰ったら、どうだ？」

突然、無情の声が座敷から聞こえた。

「よろしおすか？」

千夜は喜んで簾に手を掛ける。

「待っておくれやす」

急いで止めようとしたが、遅かった。千夜は簾を潜って座敷に一歩踏み込んでしまった。

簾がまくれ上がり、内部が見えた。緋衣姿の無情が端座している。髪は黒々としていた。琵琶に張られているのも、以前に見た細めの弦だ。

戸惑っている喜三郎の前で、千夜が無情に挨拶をする。

「昨晩は美しい語りを聴かせて下さり、ありがとうさんどした。おかげで、うちの胸に長年つかえていたもんが消えて、なんや楽になりました」

「語り？　語りだけどすか？」

喜三郎は驚いて千夜に尋ねた。千夜は怪訝そうに喜三郎を見る。

「へえ、『孤蝶夢』の舞いを見せて貰いました。夢屋新之丞にも逢えました。あれは、こちらの法師様の幻術やないかて思います。琵琶の音色、それに語りの声。きっと何かの法術やないか、と……」

千夜は再び視線を無情に戻した。

「聞けば妙音寺は、人の心に巣食うという、心魔を祓《はら》ってくれはる所やそうどすな。和尚様にそないな力があるんやさかい、法師様も、不思議な力をお持ちなんどすやろ。あれが夢でも幻でもかましまへん。約束通り、新之丞様は逢いにきてくれはった。うちは、それだけで嬉しゅう思うてます」

千夜は着物の袖をそっと目元に押し当てた。

「昨晩のあれは、ほんまに新之丞の幽霊やったと思わしまへんか？　わてもこの目でちゃんと見ましたえ」

喜三郎の言葉に、千夜は小さく頷いた。

「夢でも幻でも幽霊でも、同じことや。うちの中で、きっぱりとけじめがついた。それが大事なんどす」

「新之丞を忘れることができるのか？」

静かな口ぶりで無情が尋ねた。千夜は「へえ」と答える。

「それが新之丞様のためになるんやったら……」

「新之丞の、そなたへの未練の鎖は断ち切った、今度はそなたが切らねば、新之丞はその鎖に捕らわれることになるぞ」

「よう分かりました」

神妙な顔で千夜は言った。それから、何かを決心したように無情を見た。

「つきましては、法師様にお願いがあります」

千夜は真剣な眼差しを無情に向けている。

「うちは新之丞様を忘れます。せやけど、世間には役者としての夢屋新之丞を、忘れて貰いとうはないんどす」

「嬢はん、それはいったい、どういうことどす？」

喜三郎が尋ねた。

「夢屋新之丞て役者が、京で一世を風靡《ふうび》したことと、うちと新之丞との叶わなかった恋を、舞台の上で法師様に語っていただきとうおます」

「舞台、て……。鴻鵠楼どすか？」

喜三郎は思わず無情を見た。無情は黙って千夜を見つめている。その鼈甲色の瞳からは、何を考えているのかは全く読めない。

だが、喜三郎の頭はすぐに動き始めた。

鴻鵠楼の小屋主としては、興行を考えなければならない。だが、目下の所、芝居を打たせる一座の当てがなかった。

見世物や物真似、蜘蛛《くも》舞いと呼ばれる綱渡りの曲芸などは、四条河原の即席の小屋でも興行していたが、本来の喜三郎の目的だった、人情物の芝居を演じる役者がいない。

「わてが書きます」

喜三郎は勢い込んで千夜に言った。

「『新之丞と千夜の恋の顚末《てんまつ》』。わてが書きますさかい、無情はんが舞台で語ってくれはったらええんどす。人気のある平曲《へいきょく》も語れば、客も入るよって……」

平曲とは、平家物語の琵琶語りだ。

「平曲はやらぬ」

無情は、眉根の辺りを曇らせてぼそりと言った。

「ほな、わてが書いた語りの戯作だけでもやって貰えれば……」

「それは、戯作の出来次第だ」

真っ当な言葉が返ってくる。

「戯作が気に入れば、やってくれはるんどすな」

無情を舞台に引っ張り出したかった喜三郎は、つい今しがた感じていた怖《おそ》ろしさも忘れて、無情の方へ詰め寄った。

「無情様。夢屋新之丞の供養やと思うて、どうか引き受けておくれやす。ご面倒はかけしまへん。身の回りの一切は、この喜三郎にやらせますよって」

千夜も口を揃えるが、その言葉に、喜三郎は戸惑いを覚えた。

「嬢はん、そない勝手を言うて貰《もろ》うては困ります。わてにはわての事情がおますさかい……」

すると、千夜はキッと喜三郎を睨んだ。

「あんさんを小屋主にしたんは、うちどすえ。それを忘れんといておくれやす」

「せやけど、無情はんの世話までするんは、筋違いやないんどすか」

「今の鴻鵠楼に、どうやって客を呼ぶつもりどす？」

痛い所を突かれ、喜三郎は黙り込んでしまった。

「芝居の一座もいてしまへん。大坂から人形芝居を呼ぶのがせいぜいどす。そうどすなあ」

千夜はやや尖《とが》り気味の顎に、片手を当てて考え込んだ。

「無情様には、赤い小袖を纏《まと》って貰います」

千夜は一人で納得したように頷くと、人差し指を喜三郎の眼前に突きつけた。

「緋衣の沙門《しゃもん》、無情法師による現世《うつしよ》の語り。あの世とこの世の浮橋を、行きつ戻りつ、恋の道……」

頭に浮かんだらしい口上を、滔々《とうとう》と語り出した千夜の顔が、「恋の道」のところで、ふと寂しげに曇った。

まるで昨日とは別人のような千夜の姿だ。おそらく新之丞への想いを吹っ切るために、千夜なりに必死なのだろう。

「ようおます。嬢はんの言わはる通りにしますよって」

喜三郎は観念したように言った。

「今の口上も使わして貰いますわ」

「無情様のお世話は？」

「へえ、喜んで」

ちらりと無情の顔を窺うと、どうやら笑いを堪《こら》えているようだ。

「嬢はん、迎えに上がりました」

玄関先から、千夜を呼ぶ男の声が聞こえた。

「辰吉や」

千夜は再び無情に向かって、念を押すようにこう言った。

「この話、引き受けてくれはりますな」

「先ほど言うたように、喜三郎の戯作の出来による」

千夜は満足そうな笑みを見せると、無情に礼を言って腰を上げた。

「ほな、喜三郎はん。気張っておくれやす。これからの鴻鵠楼は、あんさんの肩に掛かってますよって」

千夜は軽く会釈をするとさっさと、部屋を出ていった。

喜三郎は急いでその後を追う。

「嬢はん、例の縁組の件どすが……」

千夜は、父親に金を出して貰う際、親の決めた縁組を受けることを了承している。喜三郎との縁組は断られたがその後《あと》のことが気になった。

「なんや乗り気やった縁組を、反故にしたそうどすわ。せやけど、またすぐに捜さはりますやろ。お金はすでに貰うてますさかい、どないな婿さんでも、うちには断れしまへん」

そう言ってから、千夜はほほっと笑った。

「嬢はんは、それで、ええんどすか？」

「うちの恋心は……」

千夜はまっすぐに喜三郎を見つめた。

「新之丞様と一緒に葬りました。これからは、鴻鵠楼がうちの想い人どす。せやさかい、あんさんにはしっかりやって貰わなあきまへん」

千夜の目には、厳しい光が宿っている。

「戯作もそうどすけど、まずは、鴻鵠楼の掃除から始めておくれやす。芳蔵さん一人ではきつうおす」

「掃除もわての仕事どすか。小屋主やのに？」

「小屋主であり下働きでもあります。それに下足番も……。雑用をこなすもんを雇う余裕はあらしまへん」

千夜は強い口調で言い切った。

「舞台を作るのも仕事どす。何よりも、無情はんのお世話もして貰わんと……」

千夜はそこでにこりと笑いかける。

「ここに住まわはるんやったら、それぐらいできますやろ」

「それではあんまりにも、わてのやることが多うおます」

千夜のあまりの変わり身に、喜三郎は舌を巻いた。

「ああ、せや」

千夜は何かを思い出したのか、再び踏み出しかけた足を止めた。

「昨晩の無情様への御礼に、お酒をお持ちしました。辰吉に玄関に置かせましたさかい、後で厨に運んでおいておくれやす」

口早に喜三郎に用事を言いつけると、千夜は辰吉を従えて帰っていった。

其の三　子守《こまも》り地蔵

六月が終わり、七月の朔日になった。暑さが続く中、喜三郎は、おそらく己の人生で初めて経験する、多忙な日々を過ごしていた。

鴻鵠楼の小屋主であった茂兵衛が亡くなって以来、ずっと閉められていた鴻鵠楼は、改めて見るとあちこちに傷《いた》みが出ていた。枡席の木枠もささくれができていて、二階の欄干《らんかん》にずらりと並んで吊られている、明かり用の提灯にも破れが目立つ。

新之丞の霊魂が舞台に現れたあの夜は、まさに小屋全体が全盛期の様相だったが、今となっては、それらも含めて、すべてが幻であったような気がした。

大工も入れ、客席や舞台、楽屋までも掃き清め、喜三郎は、これまでにやったことのないほどの労働を余儀なくされた。

ありがたかったのは、千夜が辰吉を寄越《よこ》してくれたことだ。どちらかと言えば、優男《やさおとこ》の部類に入る喜三郎よりも、屈強な辰吉の方がはるかに役に立った。

――喜三の旦那、力仕事はやりますよって、なんでも言うておくれやす――

なんとも頼もしい限りだ。さらに意外なことに、お民もしばしば顔を見せるようになった。

――若旦那さんが、行って手伝《てつど》うてやれ、て言わはって――

お民は毎回、握り飯や菓子の差し入れを持ってやって来る。それもこれも、長兄の孝一郎の計らいと思えば、これまでどこか兄を敬遠していたのが申し訳なく思えた。

吉次郎は吉次郎で、舞台の緞帳《どんちょう》を作ってくれるという。

――緞帳は芝居小屋の顔や。新しい鴻鵠楼には、新しい顔がいるやろ――

その言葉に、喜三郎は思わず泣きそうになった。


「順調に進んでんのか？」

その夜、三人で夕食の膳を囲んでいた時、清韻が喜三郎に尋ねた。

夕暮れの庭では蟋蟀《こおろぎ》が鳴き始めている。簾を揺らす風に、昼間の暑さも和らいでいた。

相変わらず、無情は酒を飲んでいる。この寺で寝起きするようになってから、喜三郎は無情の様子を見ているが、膳についても、ほとんど食べ物を口にしないことに気がついた。

（ほんまに、酒だけで生きてるみたいや）

どうやら、それが「不磨《ふま》」というものらしい。喜三郎はもう驚くことはやめた。長い白髪と金色に光る瞳。白髪が琵琶の弦となって音を奏でるのを見た時は、心底怖ろしいと思った。だが、今は当たり前として受け入れている自分がいる。

「わての方は上手《うま》くいってます」

清韻の杯に酒を注ぎながら、喜三郎は答えた。

「戯作を書いていると聞いた。舞台で無情はんに語らせるんやとか」

「それも……、進んでます」

喜三郎は少しだけ言い淀む。何しろ、朝は本堂の掃除から始まって、風呂の掃除と水汲み。その後は鴻鵠楼で日暮れまで過ごし、戻れば、すぐに風呂を沸かす。庫裏の掃除と食事の支度は清韻がやってくれるが、最近、どうも外出が増えているらしいのが気にかかる。

「それより、御坊。毎日のように出かけてはりますけど、檀家回りは止めはったんと違いますか」

尋ねると、清韻はふっと眉の辺りを曇らせた。

「私がいるせいで、人を呼べぬのだ」

無情が代わりに答えた。

「ゆえに、和尚の方から出向いておる」

「それは、例の『心魔の祓い』どすか？」

清韻は笛の力で、人の心に巣食う魔を取り除いている。

「どれほどの善人でも、魔は心座に入り込む。常日頃から気をつけてへんと、たちまち心を蝕《むしば》まれてしまうんや。まあ、今、お前が鴻鵠楼でやっとる掃除と、そない変わらへん」

「つまり、御坊の笛が箒《ほうき》の役目をしている、てことどすか」

「そんなところや」

と清韻は笑ったが、すぐに真顔になった。

「せやけど、今回は、心魔の祓いとは少々訳が違う」

「なんぞあったんどすか？」

すかさず喜三郎の好奇心が動き出す。

「ここのところ、子供が消える騒ぎが増えているんや」

「子供が消える？　攫《さら》われたんどすか」

喜三郎は思わず身を乗り出した。

「消えたようにいなくなるんや。せやけど、じきに見つかっているさかい、町方が動くほどやない」

どうやら、ここ数日、清韻が昼間出歩いていたのは、その話の真偽を確かめるためだったようだ。

　誰かの悪ふざけか、子供を攫って、金を要求しようとして気が変わったか……、おそらく、そんなところではないか、と喜三郎は言った。

　だが、清韻は否定するようにかぶりを振った。

「ここ十日の間に六人の子供が消えた。いずれも、二歳か三歳になるかならずの年齢や。場所は、そこの姉小路を二筋下った誓願寺通を、西へ行った先の室町《むろまち》通と交わる辺りや」

　妙音寺は南北に続く烏丸通沿いにある。南へ向かえば、すぐに東西に走る姉小路通に入る。

「誓願寺通と室町通の交わる……て、『子隠の辻《こがくしつじ》』と違いますか？」

「子隠の辻」……。何十年も前の日暮れ時、この辻を通りがかった母親の許から、子供が攫われる騒ぎがあった。

　母親が子供の手を引いて歩いていた時だ。突如、何者かが夕闇の中から現れ、すれ違いざまに子供を抱えて姿を消してしまったのだ。母親は毎日のように辻に立ち、行き交う人の中に己の子供の姿を捜し続けた。

　その後、冬のある朝、降り続く雪の中で絶命している母親が見つかった。哀れに思った近隣の者が、辻の北西の角に石の地蔵を祀《まつ》った。母親の霊を慰めるためであったが、いつしか、地蔵は「子守《こまも》り地蔵」と呼ばれ、幼い子供を持つ親たちの信仰を集めるようになった。

「子供が災難に遭わず、無事に育つように、て、それで『子守り地蔵』になったんやそうどす。わても、何度かお祖母《ばあ》はんに連れていかれましたわ」

寺町通からは少々遠かったが、娘に先立たれたお豊にとって、孫の喜三郎だけは神仏に縋《すが》ってでも守りたかったのだろう。

「今、その地蔵が無いんや」

「どういうことどす？」

「十三日ほど前や。通りかかった荷車が、辻を曲がり切れずに地蔵にぶつかり、これを倒してしもうた」

積まれていたのは木材で、堀川の木場から運んでいる途中だった。馬が、野良犬に吠《ほ》えられて暴走し、丁度、子隠の辻で、引いていた荷車が横転した。

「崩れた木が地蔵を押し倒してしもうてな。地蔵の頭が取れてしもうた」

人通りは多かったが、幸い怪我人は出なかった。皆は「地蔵が身代わりになってくれた」と、ありがたがったという。

「寄進《きしん》も集まったんで、地蔵は新しく作り替えられることになった。ところが、地蔵がその場から無《の》うなった途端に、辻で子供が消えるようになった」

「確かに十日で六人は多うおます。せやけど、ただの迷子と違いますやろか。すぐに見つかってるんやったら……」

消えた子供が見つかる場所は、まちまちだった。通りを二筋か三筋、離れた所のこともあれば、一条通を越えた先や、鴨川の東側の時もあった。いずれも姿が消えた後、すぐに町方《まちかた》に届けが出されていたので、親元に帰すことは難しくはなかった。だが、こうなると、子隠の辻は、おいそれと子供連れで歩けなくなる。

「何しろ、どれほどしっかり手を繋いでても、背負うたり、抱いたりしていても、辻に来ると、突然、おらんようになるんや」

「御坊……」

喜三郎は思わずため息をついた。

「それやと、到底、人間業《わざ》とは思えしまへんえ」

「そういうこっちゃ」

清韻は大きく頷いた。

「多分、地蔵が無うなったことで、最初に子供を失うた母親の霊が、さ迷うているんやないやろか、て、町代《ちょうだい》が考えてな。わしの所へ御祓いを頼みたいて言うてきたんや」

「その地蔵の封印が解けたせいで、母親の霊が子供を捜し始めた、て、そない言わはるんどすか」

生前、子供を捜し続けた揚げ句、命を落とし、死して後もさらに捜し続ける……。

（なんと悲しい話やろう）

喜三郎はその母親の霊が哀れになった。

「せやけど、何十年も昔の話なんどすやろ。行方知れずになった子供も、すでに生きてはらへんやろ。その母親の霊魂かて、とっくに子供に逢えてはんのと違いますか？」

「人の魂が、必ずしも行くべき所へ行けるとは限らぬ」

無情が再び口を開いた。

「身体から離れた霊魂は、未練の鎖に捕らわれると、自由に動くことができなくなる。子を失った母親が、鎖で自らを縛り付けているのは、まさに『子隠の辻』という『場』、そのものだ。母親を慰めようという人々の想いが地蔵の封印となっていた。その地蔵が無くなったことで、これまで眠っていた魂が目覚めてしまい、再び子供を捜し始めたのだろう」

「ほな、消えた子供は、その母親の幽霊に連れ去られたんどすな？」

喜三郎が尋ねると、無情はうむと頷いた。

「しかし、己の子ではないと分かると、この世に返している。傷つけられる怖れはないが、子供の方は迷子になってしまうのだ。親元へ戻れるとは限るまい。一人でいて、本物の子盗《と》りに攫われることもあろう」

「町内だけやのうて、洛中のすべての親が、不安に思うてはるんや」

清韻はそう言うと、視線を無情に移した。

「無情はん、この件、頼めますやろか」

気がつけば、無情の杯が空になっている。喜三郎はすかさず徳利を手にすると、無情の杯に酒を注いだ。

「いなくなった子供は、女児か男児か？」

無情が清韻に尋ねた。

「これが、すべて二、三歳の女児どすねん」

「ならば、母親の失った子供もその年頃の女児だったのであろう」

そう言ってから、無情は喜三郎に顔を向けた。

「そなた、人形は持っておらぬか？」

「へっ？」

いきなり問われて、喜三郎の口から変な声が出た。

「幾らなんでも、わてが人形遊びなんぞ……」

喜三郎は苦笑しながら否定したが、ふと、あることを思い出して真顔になった。

「ありましたわ、古い人形が」

それは、お豊が大切にしていた人形だった。

亡くなる前に、お豊はその人形を、「わての形見や」と言って喜三郎にくれた。

実家の多嘉良屋へ戻る時、喜三郎は人形を持ち帰っていた。

「その人形を借りたい」

無情の真剣な目が喜三郎を見ていた。どうやら冗談ではないらしい。

喜三郎に断る理由はなかった。

「へえ、ようおます。お役に立つんやったら……」

持ってはいるが、さすがに喜三郎が人形遊びをすることはなかった。そればかりか、兄たちに知られるのも恥ずかしく、押し入れの中の行李《こうり》に仕舞い込んだままになっている。

「明日、持ってきますよって」

応じてから、すかさず喜三郎はこう言った。

「わても、一緒に行ってもよろしおすか」

喜三郎は、無情が人形を使って何をするのか、どうしても知りたくなった。

「下手に霊魂に関わらん方がええ」

清韻が止めようとした。それを無情が片手を上げて遮《さえぎ》った。

「いや、手伝って貰う。そなたの人形なのだからな」

翌日、喜三郎は鴻鵠楼でお民を待っていた。最近、お民はよく顔を出すようになった。その理由に、喜三郎はやっと思い至った。

お民はいつも鴻鵠楼の裏口から客席に入ってくる。そこですばやく周囲を見渡すと、必ず辰吉に挨拶をするのだ。先に喜三郎を見つけていても、まるでそこには存在していないかのような振舞いだった。

「辰吉さん、おはようさんどす」

辰吉の方も「おはようさん」と返しながら、どこか嬉しそうにしている。

「お民、お前、わてよりも先に辰吉に声をかけるんか？」

不満をぶつけると、「辰吉さんのお陰で、仕事がはかどってんと違いますのん？」と生意気な言葉が返ってきた。

「まあ、ええ。それはそうと、頼みたいことがあるんや」

喜三郎は客席の隅にお民を呼んだ。

「わての部屋の押し入れに、このくらいの行李があるんや」

喜三郎は両手でおおよその大きさを伝えた。

「その中にな、これくらいの……」と、再び同じように両手を使って一尺（約三十センチ）ほどの幅を示す。

「風呂敷包みがある。それを取ってきて貰いたいんや」

包みの柄は、確か、藍染に千鳥格子《ちどりごうし》の白抜きだったな、と記憶を辿る。

「分かりました。すぐに行ってきます。せやけど、包みの中身はなんどす？」

「言いとうない」と、喜三郎は即座に撥《は》ねつけた。

「わてにとっては大事なもんや。中身を見たらあかん。それに、他の誰にも知られたらあかん」

――喜三ぼんが、人形を隠してはった……――

そんな噂が店の者の間で広まれば、恥ずかしくて多嘉良屋の敷居が跨《また》げなくなる。

「とにかく、その包みを持ってきてくれたら……」

喜三郎は大工の指示を仰いでいる辰吉の方に、ちらと視線を向けた。

「お前と辰吉との仲を、取り持ってやってもええ」

「うちは、そないなことは……」

お民は真っ赤になって、喜三郎の腕を叩いた。

「かまへん。お前も年頃や。わてが一肌も二肌も脱いだるさかい」

喜三郎はお民の肩を摑んでくるりと方向を変えると、「すぐに行ってこい」とばかりに軽く背を押した。

其の四　子供の行方

七月に入って二日目の夜になった。濃紺の空には、糸のように細い月が、かろうじて引っ掛かっている。この時期の暮れ六つは、日が落ちても、嵐山の山際にはほんのりと朱が残っていた。

人の顔も分からぬというほどではない宵闇の中、昼間は行き交う人で賑わっているこの辻も、すでに物を売る店の戸は閉められている。酒や料理を扱う店の提灯に、そろそろ明かりが灯る時分であったが、「子隠の辻」と呼ばれる、この誓願寺と室町の通りが交わる辺りは、そういった店が少なく、夕方から夜にかけては、人気《ひとけ》もほとんどなくなっていた。

北西には、一軒の屋敷の板塀が、室町通と誓願寺通にかけて続いていた。その塀の角が少し奥まっていて、そこに地蔵が置かれていたらしい。屋敷は「七福屋《しちふくや》」という両替商の本宅だった。

子供が攫われたのも、その母親が横死したのも屋敷前の辻であったことから、わざわざ塀の角を壊して、地蔵の安置場所を提供したのだという。

――人の往来がなくなった頃、人形を辻の真ん中に置け――

人形の包みを手に、妙音寺に戻ってきた喜三郎に、無情は命令口調でこう言った。

――この人形、何に使うんどす？――

問いかけたが、無情は素気《そっけ》なく、「その時になれば分かる」と答えただけだった。

清韻は同行しなかった。何やら他に用事があるらしい。

――無情はんの言うことをよう聞いて、しっかり手伝《てつど》うてくるんやで――

まるで子供を激励するような言い方で、清韻は喜三郎を送り出したのだった。

喜三郎は、風呂敷包みから人形を取り出した。人形は、木彫りに胡粉《ごふん》を塗って仕上げた物だ。頭部と胴体、両手と両足がそれぞれ丁寧に作られている。座らせることもできる抱き人形だった。

着物には、赤い地に、白い藤の花と御所車の意匠の一部が使われていた。薄い桃色の帯の生地も、同じ着物から取った物だろう。髪は肩先で切りそろえ、頭の上で小さな髷《まげ》を結っている。髷には、帯揚げと同じ鹿《か》の子《こ》絞りが使われていた。

喜三郎はふと、人形を無情に見せた時のことを思い出した。

無情は人形を手にするなり、しばらくの間じっと見入っていた。相変わらず、表情からは何も読み取れなかったが、あまりにも長い間、人形から目を離そうとしなかったのが、妙に気になった。

「何をしている」

声が聞こえた。七福屋の板塀の角にいた喜三郎は驚いて顔を上げた。見ると、いつもの僧衣姿の無情が、琵琶を手にして立っている。

気がつけば、いつしか夜も更け、辺りにはすでに人の姿も無い。喜三郎は急いで辻の真ん中に人形を座らせた。

「これから、どないするんどす？」

すると、無情はバランと琵琶を弾《はじ》いた。

無情の指先が素早く動きながら弦を奏でる。ビーン……、バラーン……、弾きながら、無情は喜三郎にこう言った。

「人形が動き始めたら、その後を追うのだ」

「人形が動く、て、そないな阿呆なことが」

思わず言い返した時だった。人形がむくりと立ち上がったのだ。

あまりのことに、喜三郎は悲鳴を上げそうになった。星が幾つも瞬《またた》き始めた空の下、人形は生《せい》を得たように動いている。

「この人形が、真実を教えてくれる。そなたは人形に従えば良い」

琵琶の音に混じって、無情の声が聞こえた。

「従え、て、いったい、どないしたら？」

頭が混乱する中、突然、人形は喜三郎の方へと向かってきた。

（なんで、わての方へ来るんや）

幾ら祖母の形見でも、これはあまりにも怖ろしい。しかし、人形は容赦なく、恐怖で固まっている喜三郎の手をぎゅっと握り締めたのだ。

その途端、何やら強い力で引っ張られるような気がした。「あっ」と声を出そうとした瞬間、周囲の喧噪《けんそう》が耳の中に飛び込んできた。

（なんや、これは？）

人々の騒《ざわ》めきが、頭の上からも降ってくる。驚いたことに、喜三郎は、まだ日も落ちていない夕暮れの中にいた。

帰路を急ぐ人々、これから夜遊びに向かおうという男たち……。昼と夜が入れ替わるこの時刻を、「逢魔刻《おうまがとき》」とは、よく言ったものだと喜三郎は妙に感心してしまう。だが、すぐに違和感に気づいた。自分の目線の位置が低いのだ。そのため、今にも周囲の音の波に、呑み込まれてしまいそうだった。

しかも、誰かに手を握られている。大きくて柔らかく、そうして、温かい……。

見上げると、二十歳《はたち》を幾らも超えていない年恰好《かっこう》の女が、喜三郎の右の手をしっかりと握り締めていた。

――お腹が空いたやろ。早《はよ》う帰って御飯にしようなあ――

女は喜三郎を見下ろして、優しそうに言った。

（お母はん……）

喜三郎の頭の中で、子供の声がした。

（ああ、そういうことか）

どうやら、喜三郎は人形の中に入り込んでいるらしい。今、喜三郎が自らの身体で感じているのは、何十年か昔の「子隠の辻」の再現であったのだ。

（お母はん）

喜三郎の胸が高鳴った。自分が幼児となって、母親に手を取られて歩いている。実《じつ》の母親ではなかったけれど、もし、お松が生きていれば、喜三郎もこうやって歩いていた筈だ。

母に連れられて歩く。幼子の足の速さに合わせるように、母親はゆっくりと歩を運んでいた。ただ、それだけのことなのに、ふいに涙が溢れそうになった。お豊とは、よくこうして歩いた。だが、痩せて筋張っていた祖母の手とは違って、この母親の手は、それは柔らかくふわっとしている。

（わてのお母はんの手も、同じやったんやろか）

二人の兄たちは、それを知っている。だが、自分には、その温《ぬく》もりが与えられなかった。

今に至るまで、考えたこともなかった。母親とは、芝居の舞台の上にだけいるもの……。それが当たり前のように思っていた。

（あかん、あかん、それどころやない）

喜三郎は己に言い聞かせた。今は、子供が攫われた経緯《いきさつ》を知らねばならない。

意識を再び母親に向けると、喜三郎の脳裏に、女の人生が、川のように流れ込んできた。

母親は夫を早くに亡くし、女手一つで子供を育てていた。昼間は宿屋の下働きをしている。その間、子供は宿の近くに住む老夫婦に預かって貰っていた。

裕福ではなかったけれど、母親は幼い娘と二人で幸せに暮らしていたようだ。

——お通《つう》さん——

通りで、煮売りの屋台を出していた四十絡みの女が母親を呼んだ。

——豆腐の田楽と青菜の煮物があるえ。安うするさかい、持って行き——

——いつも、おおきに——

母親が煮売り屋に視線を向けた。「通」というのが、この母親の名前らしい。

その時、いきなり喜三郎の身体がふわっと宙に浮いた。続いて、身体が激しく上下した。

誰かに抱き上げられたようだ。母親かと思った、次の瞬間、背後で悲鳴が上がった。

――人さらいやっ、誰か、うちの子を助けてぇ……――

(人さらいやて?)

喜三郎は、改めて自分を抱きかかえている者に注意を向けた。

(誰や? この女)

女は子供を抱いたまま、夕暮れの雑踏に紛れ込んだ。辻の辺りでは母親が泣き叫んでいたが、女は脇目も振らず、人の波の中へと踏み込んでいく。子供は何も分からぬまま、きょとんとしていた。泣きわめく訳ではないので、他人には、実の母子にしか見えない。

しかも辻で起こった騒ぎに気を取られ、幼児を連れた女に意識を向ける者もいない。

女は辻の角にあった屋敷の、室町通側にあった門の中へと、吸い込まれるように入っていった。

(七福屋の屋敷やないか)

女は子供を抱えたまま、玄関から家の中へと足早に向かう。

——あんさん、お美代《みよ》が見つかりましたえ——

女の声に、恰幅《かっぷく》の良い、三十代半ばぐらいの男が現れた。七福屋の主人のようだ。主人は驚いたように目を瞠《みは》ると、女に言った。

——どないしたんや、その子は？——

——せやから、うちの娘のお美代どす。そこの辻にいてましたわ——

——お美代は、もうおらん。その子は他所《よそ》の子や——

主人は女から子供を取り上げようとした。

——早《はよ》う返してこんと、大変なことになる——

その時、一人の女中らしい女が、息せき切って駆け込んで来た。

——旦那様、御寮《ごりょん》さんが、そこの辻で、子供を……——

女は、ハアハアと荒い息を吐きながら、主人に訴えようとする。主人はすぐに事態を悟った。

——お前が付いていながら、何ちゅうことを……——

主人は女中に怒鳴った。その途端、声に驚いた子供がギャーッと泣き出したのだ。

やっと、自分が見知らぬ場所に連れてこられただけでなく、母親が側にいないことに気づいたのだ。

――お母はんは、ここや。せやさかい、なんも怖がらんでええ――

女は子供をあやしながら、奥の座敷へと向かう。その時、喜三郎の耳に、主人と女中の会話が聞こえた。

――旦那様、どないしまひょ。嬢はんの四十九日が済んで、御寮さんもやっと落ち着いてきたて思うてましたのに――

――無理もあらへん。初めての節句を前にして、死なせてしもうたんやさかい――

七福屋は暗い顔で、かぶりを振っていた。

喜三郎の脳裏には、お美代という七福屋の娘の死の光景が絵のように浮かんだ。年を経て、やっと七福屋に子宝が生まれ、夫婦共に大切に育てていた。雛《ひな》の節句の祝いは盛大にやりたい。主人夫婦はその支度に余念がなく、つい幼い娘から目を離してしまった。

娘は一人で庭先に降りると、飛んでいた蝶に誘われるように、池へと向かった。池には鯉《こい》が何匹も泳いでいて、毎日、父親と餌をやるのが娘の日課だった。娘は、池の中の鯉に手を伸ばそうとして、頭から池に落ちてしまったのだ。

家の者が気がついて、小さな身体を引き揚げた時には、すでに手遅れであった。妻女は己自身を責め、後を追おうとまでした。妻の気分は日を追うごとに重く沈み、とうとう家から一歩も出ようとはしなくなった。

主人はそんな妻を宥《なだ》めすかして、なんとか気力を取り戻させようとした。その思いに応えようとしたのか、妻は気力を振り絞るようにして、東山《ひがしやま》へ寺参りに出かけた。亡き娘の供養《くよう》のためであったが、その帰路、家の前の辻で、母親に手を引かれて歩く、一人の幼女の姿を見かけたのだ。

――お美代が戻ってきた――

宵闇の中で、お通の娘を、妻女は己の子供だと思い込んだ。そうして、妻女は足早に母子の後を追ったのだ。

お通が、煮売り屋の女に気を取られた一瞬の隙《すき》に、妻女は、子供をすくうように抱き上げた。付き従っていた女中も、いきなりの出来事にすっかり面食らってしまった。

お通の悲鳴に、女中が我に返った時には、すでに子供を抱えた妻女の姿が、通りの人込みの中に消えていくところであった。

――今、あの子を取り上げる訳にはいかんやろ――

覚悟を決めたように、主人は言った。

――せやけど、辻の騒ぎはどないします？　町方が来るかもしれまへん――

不安そうに女中は言った。

――知らぬ存ぜぬで通す。東山の悲田院《ひでんいん》から、孤児を貰《もろ》うたことにして――

それが、「子隠し」の真実であった。

両替商「七福屋」は、二歳になる娘を不慮の事故で失った。娘の死を受け入れられなかった母親が、お通という女から娘を奪い取ったのだ。

家が辻にあり、すぐに姿を隠せたことも、七福屋の妻女にとっては幸運であったのだろう。通常の子盗りであるなら、現場から遠く離れようとするものだ。

町方が動いて、何がしかの疑念を持ったとしても、七福屋が両替商であったことから、手を抜いたのかもしれない。何しろ、彼等の俸禄《ほうろく》である米を金に換えるのが、両替商の仕事だ。町方の同心の中にも、七福屋の常連客がいたなら、それも有り得る話であった。

その時だ。妻女が子守《こも》り歌を唄《うた》い始めたのだ。

——ねんねんよう……、ねん、ねん……、よう……——

低く温かい声音が、幼女の中にいる喜三郎までも、甘く溶かしていくようだ。

(あかん、なんや、眠うなった)

子供もしだいに眠り始めたようだ。母親が替わっても、幼い子供にとっては、七福屋の妻女もまた優しい母親に変わりはなかった。

眠りに引き込まれていた喜三郎の耳に、どこからか琵琶の音《ね》が聞こえてきた。

ビビ……ビン……バラン、バラバラ……ン……。

（あれは、無情はんの琵琶。わてを呼んでるみたいや）

そう思った次の瞬間……。

――見つけた――

今度は、強い力で身体を揺さぶられた。

ハッと目を開いた喜三郎の眼前には、凄まじい形相《ぎょうそう》の女の顔があった。七福屋の妻女とは違う女だ。

――うちの子を、返せ――

女の髪は乱れ、顔面は白く、怒りで眦《まなじり》は裂けんばかりに吊り上がっている。その顔に見覚えがあった。

（お通や）

辻で子供を奪われた、あの母親だ。子供を捜し続けた揚げ句、辻で非業の死を遂げた。死してなお、その辻に留まり、子供を捜していた女の、それはまさに鬼となった霊魂の姿であった。

お通は妻女の腕から子供を奪い取った。当然、その中には喜三郎がいる。

――ようやく、見つけた。さあ、お母はんと一緒に行こうなあ――

声はすっかり優しくなり、その姿も、かつてのお通に戻る。

バン、バラバラバラバラ……バ……。

突然、力強い琵琶の音が響き渡った。途端に、周囲がストンと闇の中に落ち込んだように暗くなり、喜三郎の身体は遠くへと放り出されていた。

気がつくと、喜三郎は地べたの上にうつ伏せに倒れていた。起き上がろうとしたが、なぜか全身が重い。

「御苦労さんやったな」

聞きなれた声がした。その方に顔を向けると、提灯を手にした僧侶が立っている。清韻だった。

「御坊……。ここはどこどす？」

手を取られて起き上がると、そこは、あの子隠の辻に差し掛かる通りだった。空には雲がかかっているので、余計に辺りは暗い。それでも、先ほどと違って、夜風に揺れる木々の音や、叢《くさむら》で鳴く蟋蟀《こおろぎ》の声が、肌にも生々しく感じられた。どうやら現実に戻ったようだ。

「せや、お通はどうなりました？　それに七福屋の御寮さんは？」

お通は確かに子供を取り戻していた。

喜三郎の耳には、無情の奏でる琵琶の音色が聞こえている。喜三郎は、清韻の視線の先に目をやった。

無情は辻の真ん中で、縦に構えた琵琶を抱えて座っていた。無情の黒髪が、真っ白に変わり、夜の闇の中に浮かび上がっている。琵琶の弦も髪と同じように白く、琵琶全体がぼうっと光って見えた。

無情は黒い僧衣を脱いでいる。緋衣が、琵琶の放つ光に映えて美しかった。どう見ても、無情の顔は若く美しい。まるで時の流れが無情の上だけを素通りして行ったかのようだ。

無情の前には一人の女が立ち尽くしていた。お通だとすぐに分かった。

「御坊、子供を攫《さろ》うたのは、そこの七福屋の御寮人どした」

喜三郎はしみじみと清韻に語った。

「せやけど、御寮人は、我が子を亡くしたばっかりどした。どちらも可哀《かわい》そうで、わてには何も言えしまへん」

子供を失うということの辛さや、苦しさ……。その悲しみの深さは、喜三郎には、到底想像もできなかった。

「これは、あんさんの人形どすやろか」

その時、清韻の背後でしゃがれた声がした。驚いて顔を向けた喜三郎の前に、七十ぐらいの老女が立っている。老女は穏やかな笑みを見せて、喜三郎に人形を差し出した。

る。

「そこに落ちてましたえ」

どうやら拾ってくれたらしい。

「へえ、わての人形どす」

口に出すと、さすがに恥ずかしい。だが、老女は顔中を皺だらけにして笑ってい

咄嗟に、「幸福の皺」だと思った。

顔の皺は人生の年輪や……。以前、清韻から聞いた言葉を思い出したのだ。

――一生を怒って過ごせば、怒《おこ》り皺になり、笑《わろ》うて過ごせば幸せ皺になる。若い時と違《ちご》うて、年を取るとごまかしが利かん。皺は人の真実《まこと》を刻んでるんや――

間違いなく、この老女は幸せな人生を送っている、そう喜三郎は感じた。

「ええ人形どすな。大事にしはるんやで」

老女はそう言うと、お通の方へ視線をやった。

「和尚はん。あの女子《おなご》はんが、うちを待ってはるお人どすか」

清韻は、一瞬、七福屋の家に視線を流してから、懇願するようにこう言った。

「あの女子も、一緒に連れていって欲しいんどす。もう長い間、行き先が分からず難渋《なんじゅう》してはるんや」

「へえ、よろしゅうおす。なんや、えろう懐かしい気がするお人どすな。どなたは

んどすやろ」

老女は少し首を傾げてから、清韻に向かって丁寧に頭を下げ、お通へと歩み寄る。

「御坊、いったい、今のはどういうことどす？」

喜三郎の頭はすっかり混乱していた。

「見てたら分かる」

清韻は静かにしろ、と喜三郎を制した。

そうしている間にも、無情の琵琶は続いている。高く、低く、流れるその音に、お通はじっと耳を傾けている。まるで、無情が琵琶の音で、何かを語りかけてでもいるようだ。

老女は一歩、また一歩とお通へ近づいて行った。その老女の姿が、しだいに変わり始めている。

「若返ってはるんや」

喜三郎は思わず声を上げた。

それだけではない。老女の身体はどんどん小さくなり、やがて……。その姿は、幼い子供の姿になっていた。

ふいに、お通が幼女の方へ顔を向けた。

消した。


「お夏《なつ》っ」

お通が声を上げ、幼女の方へと走り寄る。

「ああ、やっと、うちの所へ戻ってきた」

お通は嬉しそうに幼女を抱き上げると、そのまま溶け込むように闇の中へと姿を消した。

バランッ……、と最後の弦をつま弾いて、琵琶の音は止んだ。

「お夏……。それが、お通さんの娘の名前やったんやな」

喜三郎は溢れそうになる涙を堪《こら》えながら言った。

ふと気がつくと、板塀を隔てた七福屋の内部が、何やら騒がしくなっている。

「さて、そろそろ戻ろう」

無情は相変わらず、平然とした態度で、脱ぎ捨ててあった僧衣を身に着け始めた。その髪はすでに漆黒に戻っている。

「七福屋で何かがあったみたいどす。放っておいてええんどすか」

「七福屋の、主人の母御《の》が亡うなったんや」

清韻はそう言うと、七福屋に向かって両手を合わせた。

「亡くなった、て?」

戸惑っている喜三郎の前で、清韻はちらりと無情に視線を走らせてからこう言った。

「母御はお美代て言うて、お前が今しがた見たお婆《ばあ》さんや。ついさっき、息を引き取らはった」

お美代の身体から離れた霊魂を、清韻が引き留めて、辻へと連れてきたのだという。

「子供が見つかれば、母親も納得して逝《い》けるやろう」

「ほな、お美代さんも」と言いかけて、喜三郎はすぐに「いいや」とかぶりを振る。

「お夏さんの方も、やっとほんまのお母はんと一緒になれたんどすな」

これで、子隠の辻で幼子が姿を消すことはなくなるだろう。二度と、お通のような思いをする母親もいなくなるのだ。

(良かった)と、喜三郎は安堵《あんど》していた。

雲が晴れ、細い月と星々が夜空を彩り始めた。喜三郎は手元の人形に視線を落とした。

(わても、お母はんに逢いとうおすな)

そう思っていた時だ。

「その人形だが」と、無情が何かを言いかけた。

「これは、お祖母はんの形見どすねん」

「確かに、形見には違いはないが」

無情はさらに言葉を続ける。

「人形の髪は、そなたの母親の遺髪、着物は母親の幼い頃の晴れ着でできておる。そなたの祖母が、先立った娘を偲《しの》んで作らせたものだ。おそらく、顔は娘に似せてあるのだろう」

その言葉に、喜三郎は絶句した。


その夜、夢の中に母のお松が出てきた。生まれてから、母は幾度か夢に現れたが、いつも顔が無かった。初めて見る母の顔は、確かにあの人形に似ているような気がした。

お松は愛おしそうに、喜三郎の頭や顔を撫でてくれた。

――ほんまに、こない大きゅうなって……――

「立派になって」と言ってくれたかどうかは、分からない。産まれてすぐに死別したのだ。大きくなるのは当たり前であったが、立派になった、かどうかは……。

夢の中で、喜三郎はボロボロと涙を流した。

(やっと、お母はんに逢えた)

それがただ嬉しかった。嬉しくて、恋しくて、悲しくて……。

目が覚めて、喜三郎はさらに号泣《ごうきゅう》したのだった。

七月十六日、送り盆の夜、人形は妙音寺の境内で燃やされた。清韻の読経《どきょう》と、無情の琵琶が流れる中、お松の魂は静かに天へと昇って行った。

叢で虫が鳴いていた。頬に触れる風も優しい、月の美しい夜だった。

参《さん》ノ演　蜘蛛手切《くもてぎ》り

其の一　蜘蛛

「子隠」の騒動からひと月が経った頃、ようやく鴻鵠楼の修理は終わった。こけら落としは、八月の十五夜の「月灯会《げっとうかい》」に決まった。

枡席の修復に使った杉や檜《ひのき》の匂いが、小屋の内部に漂っている。月灯会を十日後に控えたこの日の夜も、喜三郎は千夜と共に、客席奥に立って、舞台を見ていた。

舞台の袖では、兄の吉次郎が、辰吉の手を借りて緞帳《どんちょう》を取り付けている。鴻鵠楼の新しい顔となる幕が、ついに仕上がったのだ。

どのような物なのか、喜三郎も気になってはいたが、吉次郎は最後まで見ることを許してくれなかった。

――面白い案が浮かんだんや。それをどうしても試してみたい。見てるもんが、「あっ」と声を上げるような緞帳にするんや――

と、吉次郎の意気込みは、相当な物だった。

――兄《あに》さん。舞台の主役は役者どす。幕は所詮、幕や。そない気張らんかて、ちゃちゃっと図案を描いて、染めに出してくれたら、それでええんどす――

――阿呆抜かせ。多嘉良屋の吉次郎が作るんや。そこいらの緞帳とは訳が違う――

その緞帳が、今、目の前にお披露目された。

「どや、俺の意匠は？」

吉次郎は自慢そうに、喜三郎の傍らにやって来た。喜三郎は度肝《どぎも》を抜かれて、わずかの声すら上げられないでいた。

そこには二匹の蜘蛛がいた。地色は、薄い灰色と同じく薄めの茶色で、幅六寸（約十八センチ）ほどの大胆な縦縞。向かって左側の蜘蛛は右の物よりもやや高い位置にあり、身体も大きい。それぞれ八本の黒い脚が伸びていて、綺麗な八角形の蜘蛛の巣の上に、でんと乗っかっている。

蜘蛛の脚と身体を縁取る線は黒色。背の部分に黒と黄色、それに朱色の横縞が入り、巣は銀鼠《ぎんねず》色をしていた。

「兄さん、これは、女郎《じょろう》蜘蛛どすか？」

やっとの思いで喜三郎は兄に尋ねた。

以前から、多嘉良屋の庭先で、富之助が丹精している庭木や花を、吉次郎が写生している姿を見たことがあった。

(花だけやのうて、蜘蛛まで描いていたんや)

蜘蛛だけではない。蜥蜴《とかげ》も蛙《かえる》も、この兄には美しく見えるらしい。

――神さんが作ったもんに、醜いもんなんぞあらへん――

気味悪がる喜三郎に、吉次郎はそう諭すように言った。

「せやけど、なんで、蜘蛛なんどす？」

舞台の幅一面を覆う大画面に、二匹の巨大な蜘蛛と蜘蛛の巣。その迫力に、見る者は圧倒される。だが……。

「舞台の緞帳どすえ。あくまでも、主役は、舞台そのもので……」

(幕が目立ってどないするんや)

できることなら、そう言いたかった。

「鴻鵠楼で見せるもんは、この幕にも引けを取るんか？」

吉次郎はからかうように言った。

「兄さん、真面目な話どす」

喜三郎はまっすぐに吉次郎を見た。吉次郎は、どちらかと言えば骨太のしっかりした顔立ちだ。鋭い切れ長の目をしていて、太い眉には意志の強さが現れている。

「俺かて真面目や」

吉次郎はにこりと笑った。笑うと眼差しから険《けん》が消える。それが魅力なのか、祇園や上七軒《かみしちけん》の姉さん方に、えらい人気があった。

吉次郎は、右手の指先で、幕の一点を示した。左側の大きな蜘蛛の張った巣の下辺りに、朱の文字が入っている。

「たからや進呈、作、宝次《ほうじ》……」

喜三郎は声に出して文字を読んだ。

「宝次」は、吉次郎が着物の意匠を描く時の雅号《がごう》だ。反物に宝次の名前が入ることで着物の価値が上がる。「宝次」の着物は、多嘉良屋の人気商品でもあった。

「兄さん、まさか……」

喜三郎はすっかり呆れて、兄に視線を戻した。

「今度、新しゅう売り出す着物の柄に、蜘蛛を使《つこ》うたんや。『たから屋蜘蛛尽くし』言うてな。兄貴も気合が入っとる」

「鴻鵠楼の緞帳を、宣伝に使おうて魂胆《こんたん》どすな」

「これだけ広い面や。思いっきり描かせて貰《もろ》うたわ」

吉次郎は、いかにも肩が凝《こ》ったという風に、首を左右に倒して見せる。

「せやけど、女子が好む柄は、花とか蝶とか」

すると、吉次郎は得意げにこう言った。

「多嘉良屋は元々、地味でも気品のある着物に定評がある。蜘蛛の図柄は、やりようによっては、華やかにも見せられる。後《あと》は、俺の腕しだいや」

「派手な着物は禁じられてますえ」

それが幕府の意向なのか、昨今の所司代は、華美な衣装をとことん嫌う。

「女郎蜘蛛のどこが派手なんや？」

吉次郎は反対に尋ねてきた。

「色味も抑えてある。どこを取って、御法に触れるて言うんや？」

「確かに、文句の付けようがおまへんなあ」

二人の会話を黙って聞いていた千夜が、おもむろに口を開いた。

「蜘蛛の巣が、ぎょうさんのお客はんを捕まえてくれはる、そない考えたら縁起がようおす。それにこの図柄やったら、えろう洒落《しゃれ》た着物になります。うちも欲しゅうおすわ」

「さすがは、一蝶はん。お目が高い」

吉次郎は胸を張って言った。

「お祝いの料理が届きましたえ」

そこへお民が重箱を抱えて現れた。

「辰吉、楽屋からお酒を取ってきておくれやす」

千夜が辰吉に声をかける。

芳蔵も加わり、客席で宴が始まった。


話も弾み、楽しい時が過ぎていった。

当然、これからどうするか、という話題も出た。琵琶語りだけでは客は呼べない。人形芝居や、軽業《かるわざ》なども、出し物にする必要があるだろう。

「お話は書けはったんどすか？」

宴の途中、千夜に尋ねられ、喜三郎は大きく頷いた。

「二作はできました。『恋路の果て』と、『子返《こがえ》しの辻』どすわ」

「恋路の果て」は、新之丞と千夜の恋物語なので、本人にも見当がつく。だが「子返しの辻」については、千夜も知らない話だ。

「面白そうやないか。上手くいけば、お前も立派な戯作者やな」

吉次郎は豪快な声で笑った。

「ほんまに楽しみどすな」

千夜もどこか満足そうだった。

やがて宴は終わり、皆はそれぞれ帰っていった。後には喜三郎だけが残った。芳蔵はすっかり酔いが回っていたので、喜三郎は、彼がねぐらにしている楽屋の一室に連れていってやった。

「喜三ぼん。鴻鵠楼が生まれ変わったんや。こないに嬉しいことはあらへん」

喜三郎に支えられながら、芳蔵は幾度もそう繰り返していた。

芳蔵を寝床に入れ、再び戻ると、客席内の明かりが灯っていた。中央の枡席に、緋色が見える。無情だった。

無情も清韻も、祝いの宴席には顔を出さなかった。無情は人を避けたがる。清韻は、そんな彼に付き合ったのだろう。

「来てくれはったんどすな」

喜三郎は喜んで、無情に近寄った。無情は、すでに酒の徳利を手にしている。無情のために残しておいた酒を、目聡《めざと》く見つけたようだ。

無情は片膝を立て、くつろいだ様子で、背後の柵にもたれかかっていた。手にした徳利から、じかに酒を飲んでいる。その目は、まるで吸い付くように舞台の緞帳に向けられていた。

あの大蜘蛛の絵だ。

「わての二番目の兄さんが描いてくれたんどすわ。『宝次』ていうのんが、兄さんの雅号どして……」

話しながらも、やはり、どこか誇らしい気持ちになる。

「着物の意匠にかけては、京でも三本指に入るくらいで……」

（いいや、きっと日本一や）

本当は、声を大にして叫びたい。

「蜘蛛が気に入った」

無情の口から、そんな言葉が漏れた。無情の方から話を切り出すのは珍しい。

「蜘蛛が、そないお好きどすか」

喜三郎も調子に乗って、さらに問いかけてみる。

「クモと呼ばれる男がいた」

何やら噛み合わない返答だ。

「蜘蛛？　それが人の名前どすか」

「片腕に蜘蛛がいたゆえ……」

無情が酔っているとは、到底思えなかったが、益々何を言っているのか分からなくなった。

「ああ、腕に蜘蛛の刺青《いれずみ》を入れてはったんどすな」

ようやく呑み込めたと思った喜三郎が、そう言った時だ。

それまで、緞帳を見つめていた無情が、喜三郎に視線を移した。鼈甲色《べっこういろ》の双眸《そうぼう》が蠟燭の炎を映し、妖しいまでに美しい。

「それで、語りの話はできたのか？」

無情は急に話を替えた。戸惑いながらも、喜三郎は「へえ」と答えた。

「新之丞と千夜さんの恋、それに、子隠の辻での、お通さん母子《おやこ》の話、これを語りに仕立てます」

そう言うと、喜三郎はゴホンと一つ咳払いをし、声を張り上げて口上を始めた。

「緋衣の沙門、無情法師による現世《うつしょ》の語り。あの世とこの世の浮橋を、行きつ戻りつ、恋の道……」

ここまでは、千夜が考えていたものだ。喜三郎はさらに続ける。

「たとえ、この身は離れても、切るに切れぬは、母恋し、我が子恋しの、情の道。語りましょうぞ、語りましょうぞ……。で、ここでベベンと琵琶が入る」

「どないだす？」と、喜三郎は無情の顔を窺った。

ふっと無情が小さく笑った。

「よろしゅうおすか？」

喜三郎はさらに念を押す。

「そなたの好きにせよ」

相変わらず無情の態度は素気ない。己の意気込みが強いだけに、喜三郎にはそれが物足りなかった。

「はっきり言うときますけど」

喜三郎は声音に力を込める。

「舞台の主役は無情はんどす。ほんまは、舞台の真ん中で、その綺麗な顔を晒《さら》して語って貰いたいところどすねんけど……」

結局、無情の正面と左右を、黒御簾《くろみす》の衝立《ついたて》で覆うことになった。

それが舞台に上がる条件なので、喜三郎も納得するしかない。無情の顔で女客が増えるのを期待していた喜三郎には、少しばかり残念な話ではあった。

「一つ、お尋ねしてもよろしおすか」

喜三郎は珍しく神妙に問いかけた。「なんだ?」というように、無情が片方の眉を上げる。

「人は、死んでも生まれ変われるもんなんどすやろか?」

その途端、無情は眉根を寄せると黙り込んでしまった。喜三郎は急いで話を続ける。

「死んでみんことには、分からへんのは重々承知してます。せやけど、身体は死ん

でも魂てもんは残り続ける。無情はんは、その魂を『行くべき場所』に送っては
る。その『場所』ていうのんが、極楽なんか地獄なんかは分からしまへんけど、ま
た新しい身体を貰《もろ》うて、この世に戻ってくる、そないなことが、ほんまにあるんど
すやろか?」
お松の魂は、祖母の作らせた人形の中に留められたままだった。本来ならば、と
っくに生まれ変わって、新しい日々を過ごしていたのかもしれない。
「私は迷っている魂に、行き先を示してやっているだけだ」
無情は静かに答えた。
「魂が新しい身体を得て、この現世に戻ってくるのかどうかまでは、私にも分から
ぬ。だが……」
無情は何かを考えるように一呼吸置くと、再び口を開いた。
「そうであって欲しいと願《ねご》うている」
まるで、誰かを待っているかのような口ぶりだ。
「とうに亡《の》うなった人の中に、逢いたいお人でもいてはるんどすか」
喜三郎はすかさず尋ねた。無情が己自身について話すのを、これまで聞いたこと
がない。さすがの無情も酒に酔ったのか、今夜はひどく饒舌《じょうぜつ》だった。
母親を想い、つい気分が沈みかけていた喜三郎だったが、好奇心の方が感傷より

も勝ったのだ。

「そんなところだ」

無情は声音を落として、大切なお人どすか」

「無情はんにとって、大切なお人どすか」

さらに問いかけると、無情は小さく頷いた。

「普通の人は、無情はんのように長《なご》うは生きられしまへん。そのお人が亡うなってしもうた。生まれ変わって、再び逢える日を待ってはるんどすな」

（ええ話やないか）

戯作で生きると決めた喜三郎の胸が、しだいに高鳴ってくる。

「もう少し、詳しゅうに……」

話して貰えまいかと言おうとした時、無情は酒の徳利を手に立ち上がっていた。

「寺へ戻る」

無情は喜三郎を残して、その場から去ってしまった。

其の二　霧雨堂《きりさめどう》の災難

翌朝、喜三郎は鴻鵠楼で目覚めた。無情が去り、一人で客席で酔いつぶれた後、そのまま眠ってしまったらしい。

裏庭の井戸端で顔を洗っていると、芳蔵がやってきた。

「旦那、早いお目覚めどすな」

挨拶をされて、思わず「旦那、てわてのことか」と問い返した。

「一応、建前は鴻鵠楼の主人どす。もう、喜三ぼんとは呼ばれしまへん」

芳蔵は冗談めかして言った。ひどく機嫌が良さそうだ。鴻鵠楼の復活が、よほど嬉しいのだろう。

「喜三ぼん、いてはりますか?」

その時、裏木戸から駆け込んできた者がいる。お民だった。

「なんや、こない朝早《はよ》うに……」

「旦那」と呼ばれて気を良くしていた喜三郎は、わざと渋面《じゅうめん》をお民に向ける。

「旦那様が、用があるさかい戻ってこい、てそない言うてはります」

よほど急いだのか、お民は息を切らせながら言った。

「用事、て、まさか、またわての婿入りの話やないやろな」

やっと夢が叶いかけたところなのだ。今は縁組どころではない。

「さあ、それはよう分からしまへんけど」

お民は小首を傾げる。

「今朝、霧雨堂の御主人が訪ねてきてはりました」

「霧雨堂言うたら、彦右衛門はんやないか」

（やっぱり縁談や）

お節介な爺《じい》さんだと思っていると、お民が否定するようにこう言った。

「なんや息子さんが病に罹《かか》ったとかで、血相《けっそう》を変えてはりました」

「せやったら、医者を呼ぶんが筋やろ。なんで、わてなんや」

問いかけてみたが、お民は小さくかぶりを振っただけだった。


「朝餉《あさげ》は？」

お民と共に現れた喜三郎に、開口一番、富之助はそう聞いてきた。

寝起きと同時に、呼びつけられたのだ。まだ何も口にしていないと答えると、富之助は、すぐに朝食を用意するようお民に言った。

油揚げの味噌汁と白飯、青菜のお浸し、漬物に梅干し。久しぶりに食べる「多嘉良屋」の朝餉だ。昨晩は酒を飲み過ぎた。熱い味噌汁が美味い。何よりも梅干しがありがたかった。

この梅干しは、毎年、厨《くりや》を預かるお種《たね》婆さんが漬けている。塩気が強く、おそらく京都で一番しょっぱい梅干しだろう。塩辛さのせいで酸味がさらに増す。だが、酔い覚ましには実に良く効いた。

喜三郎は、梅干しを一気に口に放り込んだ。

「すっ……ぱ……」

思わず声が漏れた。顔中が皺に埋もれているのは、鏡を見なくても分かる。

「で、わてに何の用どすか」

茶を啜《すす》り、やっと人心地がついた喜三郎は、富之助に尋ねた。

「霧雨堂で、大変なことがあったらしい」

そう言いつつ、富之助は煙管《きせる》に手を伸ばす。一瞬、喜三郎はドキリとしたが、すぐに今回は、富之助の機嫌を損ねる理由がないことを思い出した。

「息子さんが、病に罹ったたて聞きました」

確かに、大変なことには違いあるまい、とは思う。

「それが……」

富之助は煙管に火を点《つ》け、一服ふかすとすぐにこう続けた。

「刃傷《にんじょう》沙汰《ざた》があったらしい」

「せやさかい……」

喜三郎は諭すように声音を強めた。

「それやったら、わてやのうて町方どすやろ。病やったら、医者。刃傷やったら、町方。せやのに、なんで、わてを呼ぶんどすか」

（今はそれどころやない）

と、喜三郎は心の中で叫んでいた。

（幾らわてが物好きでも、お上の御用に首を突っ込むほど暇やあらへん）

しだいに怒りが湧いてくる。

「用があるのは、お前やない」

富之助は、煙草盆に煙管を軽く打ち付けた。

「妙音寺や」

喜三郎は、啞然として富之助を見た。

「清韻和尚どすか？　御坊は医者とは違いますえ」

確かに、心魔を祓えば病が治る場合もあるらしい。しかし、富之助は元々、清韻の「心魔の祓い」に対しては疑いを持っていた。

そもそも、富之助は神仏に頼るのを嫌っている。喜三郎を出産したお松が生死の境にいた時、富之助は、病を治してくれるという神社や寺に、次々に寄進しては祈ったという。それでもお松は若くして亡くなった。それ以来、富之助は神仏を全く信じなくなったのだ。

「彦右衛門はんには三人の子がいてはってな。上の二人は娘で、どちらも嫁に出しとる。三番目が跡取り息子の彦一《ひこいち》で、今年で十八歳になる。この彦一が昨晩……」

夜が更けた頃、蔵で物音がした。住み込みの手代《てだい》が不審に思い、様子を見に行くと、そこには……。

「彦一が、抜き身の刀を手にして暴れていたそうや」

——ぼん、どないしはりました。危のうおますっ——

手代は宥めようとしたが、彦一は狂ったように刀を振り回している。

「そこへ他の使用人も駆けつけ、なんとか取り押えることはできたんやが、その際に、手代が腕に傷を負った」

「それで、刃傷沙汰に……」

喜三郎はやっと納得していた。

「この件を公《おおやけ》にすれば、彦一は町方に捕らえられてしまう。それを案じて、彦右衛門はんは皆に口止めをした。幸い手代の傷も浅《あそ》うてすんだよって」

「肝心の彦一は？」

「医者が処方した煎《せん》じ薬《ぐすり》で、眠らされとる。その間も、何やら悪い夢を見とるらしゅうて、魘《うな》されたり、いきなり悲鳴を上げたり、うわ言を叫んだり……」

「うわ言っちゅうのは？」

「『来るな、来るな』言うて、まるで、何かに襲われとるようなんや」

「それは……、なかなかに怖《こお》うおすな」

喜三郎の背筋がゾクゾクして来る。同意するように富之助も頷いた。

「夢とはいえ、確かに怖い話や。刀を振り回してたんも、その『何か』から身を守ろうとしてたんかもしれん」

「せやけど、一つ分からんことがおます」

喜三郎は改めて富之助に視線を向けた。

「茶道具屋の霧雨堂に、なんで刀があるんどすか」

刀剣を扱っているならばともかく、茶道具屋に刀があるのがおかしい。

「商売やのうて、趣味としてなら、分かりますけど……」

「刀集めの趣味があるんやのうて、客が持ち込んできたんや」

七月も終わる頃、一人の若い武家が霧雨堂に現れた。

「御役目で、長門《ながと》国から来たそうや。務めが終わり、国に帰ることになった。ひいては、老父への京土産《みやげ》に茶碗を購《あがな》いたい、とこう言わはってな」

そこで彦右衛門は、武家に清水焼《きよみずやき》の茶碗を見せた。八坂《やさか》の塔に楓の紅葉を配した物だ。武家はその茶碗が気に入った。ところが……。

「金の持ち合わせがないと言うんや」

――帰途につく長旅で、その茶碗を買うだけの金がありませぬ。なれど、土産に持ち帰れば、きっと父は喜びましょう。どうか、これと引き換えに、茶碗をお譲りいただきたい――

武家は腰から太刀を引き抜くと、彦右衛門に差し出した。太刀は鹿革の刀袋に入れられていた。

「脇差しやのうて、本差しと清水焼の茶碗を交換しようて、そない言われたんやそうや」

「彦右衛門はんは、刀に興味はなかったんどすやろ」

「さあ、それや」

と、富之助はぷかりと煙を吐いた。

よく見れば、武家はさほど裕福とも見えぬ風体《ふうてい》だった。身分はそう高くはない。おそらく、京に着任したのも初めてであったのだろう。故郷が遠方ならば、そうそう京に足を踏み入れることはない。老いた父親に、京の風景を描いた茶碗を土産にしたいという孝行心に、彦右衛門は心を動かされた。

――まずは、刀を見せて貰いまひょ――

彦右衛門は、刀袋から太刀を取り出した。

「鞘《さや》は黒漆《うるし》の蠟色《ろいろ》仕立て。そこに螺鈿《らでん》細工の大蜘蛛が描き出された、実に珍しい意匠やった。八本の脚は銀線の象嵌《ぞうがん》、八つの目には赤い瑪瑙《めのう》が使われていて、それは見事なもんや。これならば、かなりの値で売れるやろう、彦右衛門はんは、咄嗟にそう考えた」

「それで、取引を……」

「ところが、武家は、妙なことを言うたそうや」

――先祖伝来の刀で、鞘は金をかけて作らせております。その茶碗に値すると思いますが、恥ずかしながら、曾祖父の頃から、刀身は竹光《たけみつ》に替わっております。我が家の恥ともなりますゆえ、どうか、刀を鞘から抜かぬように……――

彦右衛門は、飾り刀ならば、鞘の美麗さで充分だと答えた。

「彦右衛門はんは、その刀と茶碗を交換した。いずれ、刀剣屋を営んでいる知り合いの所で金に換えようと考え、刀を蔵に仕舞っておいた」

ところが、息子の彦一が、蔵に刀があるのを知った。どんな刀なのか興味が湧いたのか、夜、密かに蔵へ入った。

「それが昨晩の出来事や」

「つまり、刀身は竹光やのうて、ほんまもんやったんどすな」

「そういうこっちゃ」

富之助は大きく頷いた。

「そのお武家は、なんでそないな嘘をついたんやろ」

喜三郎が疑問を口にすると、富之助は「分からん」とかぶりを振った。

「彦右衛門はんも、今となって考えれば、お武家は茶碗が欲しかった訳やのうて、刀を手放したかっただけなんかもしれん、て、そない言わはるんや」

うむと喜三郎は考え込んだ。その後の彦一の行動を考えると、確かに尋常な刀ではないようだ。

「それで妙音寺を頼ろう、と思わはったんどすか」

「医者がお手上げなんや。これは何かの祟《たた》りかもしれん。それやったら、『心魔の祓い』をやっとる妙音寺や、彦右衛門はんはそない考えはったんや」

「親父様は、祟りなんぞ信じてはらへんのと違いますか？」

喜三郎に問われ、富之助は深い皺を眉間《みけん》に刻む。

「信じてへん。せやけど、彦右衛門はんは信じてはるんや。御祓いで彦右衛門はんの気が済むんやったら、わしには何も言えん」

「それで、わてを呼んだ理由は？」

霧雨堂の切羽詰まった現状は分かった。だが、祟りを祓うのに、多嘉良屋を訪ねた理由が分からない。

「噂では、妙音寺の『心魔の祓い』は檀家や近隣に限っとるらしい。彦右衛門はんは檀家やあらへんよって」

「多嘉良屋も違いますやろ」

檀家だったのは、母親の実家の「白扇堂」だ。

「一蝶堂さんとの縁組の話があった折、お前のことをいろいろと聞かれてたんや」

その折に、富之助は、喜三郎の読み書きの師匠が、妙音寺の清韻であったことを伝えた。

「祟りなら妙音寺や。そこで、彦右衛門はんは夜が明けるのを待って、わしの所へ飛んできた」

「つまり、わてに妙音寺と霧雨堂の仲立ちをせえ、てそない言わはるんどすな」

「そうや」と富之助は大きく頷く。

「話してはみますけど、返事がどないなるかは、分からしまへんえ」

清韻にしても、救いを求めて来られれば、これに応じたいと考えている。そのことは、喜三郎にもよく分かっていた。しかし、年齢と共に気力が衰えているのを、清韻は感じているようだ。

もし、霧雨堂の刀そのものに、悪霊のようなものが取り憑いているのだとしたら、果たして、清韻の力だけでどうにかなるものなのだろうか。

（せやけど、無情はんなら……）

無情は迷っている魂を救おうとしている。たとえ刀に悪霊が憑いていたとしても、きっとなんとかしてくれるだろう。

「ともかく、妙音寺に話してみます」

喜三郎は声音に力を込めて言った。富之助は、ほっと安堵のため息をついて、どこか頼もしそうに己の息子を見た。

喜三郎から一通り話を聞いた清韻は、意見を求めるように無情の方へと視線を移した。

無情は座敷の前の縁側に座り、琵琶を爪弾《つまび》いている。朝風呂の後なのか、藍染の浴衣を着ていた。濡れ髪が背中や胸元を覆っている。喜三郎が霧雨堂の出来事を話している間中、無情は一言も発しなかったが、それでも話の内容は把握しているようだった。

「無情はんはどない思われます？　お武家が、本身の刀を、なんで竹光やて偽ったんか」

本人も言っていたように、竹光は武士の恥だ。

「刀を抜かせぬためであろう」

前栽《せんざい》の桔梗《ききょう》の花から目を離さずに、無情は答えた。

「わてもそない思います。つまり、抜くとどうなるか分かっていたのでは？」

「刀の鞘に触れた彦右衛門には何も起こらず、刀を引き抜いた彦一は、気が触《ふ》れたようになった。そういうことやな」

喜三郎の言葉に、清韻が念を押すように言った。

「武家は、己の目の前で刀を抜かせぬために嘘をついた。抜かれたら、その場で事が起こってしまう。しかし、己が立ち去った後のことは関わりがない。とにかく、その武家の本来の目的は、茶碗が欲しいというよりも、刀を手放すことにあったのだ」

無情は淡々と言葉を続ける。喜三郎もそれには異論はない。

「せやけど、なんで茶道具屋へ行ったんどすやろ」

疑問を口にする喜三郎に、無情はさらにこう答えた。

「刀とは縁のない商売だからではないか。刀剣屋ならば、鞘よりも刀身を見る。もし、その彦右衛門が刀の収集が趣味であるならば、まず刀身に関心を持っただろう」

「そうどすな。確かに彦右衛門はんは、鞘だけで、茶碗と引き換える価値があると考え、武家に恥になるので刀身は見るなと言われても、なんの疑いも持たはらへんかった。手放すのに、霧雨堂は都合が良かったんどすな」

「こうなると、刀の謂《いわ》れが知りとうおすな」と清韻が言った。

「その武家を捜し出せればええんやが……」

「国に戻るのならば、すでに京を出ておろう」

無情の言葉に、清韻も納得したように頷いて、改めて無情にこう言った。

「ほな、さっそく霧雨堂へ行ってみますよって」

「わても行きとうおます」

喜三郎は待ってましたとばかりに口を挟んだ。喜三郎の好奇心が、胸の奥で騒ぎ出している。

「連れて行け」

躊躇《ためら》いを見せる清韻に、無情が即座に言った。

「喜三郎も、何かの役に立つであろう」

「任せておくれやす」

喜三郎はすかさず合いの手を入れる。

「御坊の身は、わてが守りますよって」

「調子のええことを言うんやない」

清韻は仕方がないと苦笑する。

「わしより己を守るんや。霊の取り憑いた刀は、やっかいなもんやさかい」

「それはまた、どういうことどす?」

尋ねると、清韻に代わって無情が口を開いた。

「その刀が、どのような使われ方をしてきたのかが重要なのだ。人の命を奪うためか、はたまた、人を邪気から守るための霊刀なのか。護身ならば、本差しの大きさでなくとも良い。大刀ならば、おそらく人を斬っておるだろう」

「せやけど、戦乱の世やあるまいし……」

喜三郎は疑問を抱く。

「今時、侍の二本差しが、ほとんど飾り物なんは、皆知ってます。せやさかい、鞘や鍔《つば》、目貫《めぬき》やらを凝ったもんに仕立てますのや。霧雨堂に刀を置いていったお武家が言うたように、刀身が竹光でも事足りるんどす」

「持ち込まれた刀が、いつの世の物かは分からぬだろう？」

「代々受け継がれたもんやったら、大勢の人を殺しているのかもしれまへんなあ」

喜三郎は納得する。

「刀を抜いた彦一の様子から、とても護《まも》り刀とは思われへん」

清韻は眉間に皺を寄せた。

「つまり、殺されたもんの怨念が凝り固まっているとか……」

何やら急に寒さを覚えて、喜三郎は思わず両腕をさする。

「場合によっては、刀はこちらで引き取った方が良いやもしれぬ。その時は、喜三郎、そなたに頼む」

「頼む、て」

喜三郎は慌てて無情に問い返す。

「刀に触れれば、わても彦一のようになるんと違いますか？」

「刀を抜かぬ限り、何事も起きぬ。安心するが良い。後ほど私も向おう」

そうは言われても、不安は消えない。

なんで、そないなことが分かるんどす、と問おうとしたが、喜三郎はその言葉を呑み込んでいた。無情の表情が、いつもと違う気がした。普段なら、あまり感情を表に出すことはない。その無情の顔が、悲しんでいるような、それでいて、どこか喜んでいる風にも見える。

（いずれにせよ、無情はんに任せといたらええんや）

喜三郎は、そう思うことにした。

其の三　凶刃《きょうじん》

茶道具屋「霧雨堂」は、室町通を北へ上がった先の、下立売通《しもだちうり》を過ぎた辺りの町屋の並びにあった。室町通に面した東側で、禁裏《きんり》や公家衆の屋敷にも近い。このような場所で、刃傷沙汰が起きたとなれば、相当な騒ぎになるだろう。

霧雨堂の店構えは、実にこぢんまりとした物だった。だが暖簾《のれん》を潜ってから、奥へと長く続いている店の座敷には、大小様々の棚が置かれ、茶碗から水差し、茶釜などを始めとする茶道具一式が揃えられている。客筋が良いのは場所柄のせいでもあろうが、大店《おおだな》相手の商売をしていることは一目で分かった。

清韻と喜三郎が訪れると、待ち構えていたものか、主人の彦右衛門自ら、すぐに出迎えに現れた。店内には客の姿は無い。

「お呼び立てしてすんまへん」

顔を合わせるなり、彦右衛門は清韻の前に深々と頭を下げた。初めて目にする彦右衛門は、年齢、六十歳前の好々爺《こうこうや》といった風情だ。上の娘に二人、下の娘に三人と、五人の孫がいる。

年を経て儲けた嫡男の彦一を、それは可愛がって育てたと言うのは、父の富之助からも聞いていた。三年前に妻女に先立たれ、以来、息子の成長を心の支えにして生きてきた。

その愛息の様子がおかしくなり、他人まで傷つけてしまった。騒ぎからまだ一日も経っていないが、飲食も満足にできないほど、彦右衛門は消沈しているようだった。

「多嘉良屋の喜三郎どす」

喜三郎が挨拶《あいさつ》をしても、すでに心は少しでも早く息子を助けたいと必死らしい。喜三郎の方へは目もくれず、清韻に縋《すが》るようにこう言った。

「どうか、よろしゅうお願いします」

「まずは、息子さんの様子を見ましょう」

清韻に言われ、彦右衛門は、奥へさらに奥へと続く廊下を、二人の先に立って歩き出した。その途中に、丹精された中庭もあったが、のんびりと眺めている余裕はない。奥の座敷へ行く手前に、立派な蔵が建っているのが見えた。ここに刀が納められていたのだろう。同時に、この蔵は刃傷沙汰の現場でもあった。

奥の座敷に、彦一は寝かされていた。悪夢を見ているのか、時折、悲鳴を上げている。

「くるな、くるなあっ」と叫ぶ度に、恐怖が吹き出すように、全身が痙攣《けいれん》していた。

側に付いている古株の女中が、絞った手拭いを彦一の額に押し当てて、汗を拭っている。

「眠らせとると夢を見るさかい、いっそ、起こそうかとも思うたんどすが、また暴れられたら、それも怖ろしゅうて……」

困惑を見せて、彦右衛門は清韻に訴える。

清韻は、僧衣の両袖をパッと払って彦一の傍らに端座した。

「心に入り込んだ悪霊を追い払えば、息子さんも落ち着く筈や」

清韻はそう言って、懐《ふところ》から横笛を取り出すと、おもむろに唇に当てた。

ふぉー、ふぉふぉふぉふぉふぉおお……。

優しい音色が、辺りの空気を震わせる。

ふぃーふぃーふぃー、ふおふおふお……、と、風のように笛の音は続き、しだいに高く鳴り響き始める。

やがて、ぴーっ、ぴゅいぴゅい……と高音まで駆け上がると、ぴーーーーーーっ、と耳をつんざいてから、ふっと止んだ。

しばらく沈黙が続き、清韻はゆっくりと笛を口元から離す。

「終わり、どすか?」

恐る恐る彦右衛門が尋ねた。

「終わりや」と清韻は答えて、視線を彦一の方へと向けた。

彦一の表情が、いつの間にか和らいでいる。悪い夢も見なくなったのか、呼吸も落ち着いていた。

「じきに目覚めるやろ。何か食べさせてやったらええ」

「ありがとうさんどす」

彦右衛門は、額を畳にこすり付けるようにして低頭していた。

気がつけば、すでに日も陰り、夕闇が迫る頃だ。

「ほんまに、なんと御礼を言うたらええか。せめてお食事など……」

酒肴の用意をさせるという彦右衛門を押し留め、清韻はこう言った。

「それよりも、霧雨堂さんに持ち込まれた刀ていうのんを、見せて貰えまへんやろか。寺に持ち帰り、祓おうと思うてますのやが……」

「どうぞ、持っていっておくれやす」

彦右衛門は即座に応じた。安堵しているその様子から、これまでの霧雨堂の混乱ぶりが、目に見えるようだった。

「喜三郎。さっそく刀を預かって、妙音寺に届けるんや」

清韻が喜三郎に視線を向ける。

「御坊は、まだ戻らしまへんのか?」

尋ねると、清韻は澄ました顔でこう言った。

「せっかくのお誘いや。わしは、酒をよばれて帰るさかい……」

(生臭坊主《なまぐさ》め)と言いたいのを堪《こら》えて、喜三郎は神妙な顔で「へえ」と応じる。

「多嘉良屋さんにも、余計な手数《てかず》をかけてしもうた。喜三郎はんも一緒にどうどすえ」

　彦右衛門は、やっと喜三郎の存在を思い出したようだ。しかし、清韻はそれを止めた。

「この者は修行中の身どしてな。刀を持たせるのに、酔っていては危のうおます」

「喜三郎はんは、清韻様のお弟子どすか。せやったら無理にとは言わしまへん」

　彦右衛門は、女中に番頭を呼んでくるように指示をした。

「蔵へ案内させますよって、少々お待ちを……」

　だが、しばらくして戻って来た女中は、首を傾げながらこう言った。

「旦那様、番頭さんがいてしまへん」

　彦右衛門も怪訝そうに眉根を寄せる。

「いてへん、て……、まだ店は開けてるやろ」

　どうやら、事が収まるまで、得意客《はよ》のみを受け入れることにしていたようだ。

「店も落ち着かへんさかい、今日は早う閉めるて言うてはりました。蔵へ入るのを見たていうもんもいてます」

「蔵へは行かんよう、言うといたんやが……」

　彦右衛門は首を捻る。

「御主人、例の刀は、今どないしてはります？」

何かに気づいたのか、清韻がどこか緊張した面持《おもも》ちで尋ねた。

しばらく考え込んでから、彦右衛門は思い出したようにこう答えた。

「そのままにしてます。暴れていた彦一を皆で押えつけた時に、刀が床に落ちましたんや。手代は怪我をするし、息子は気が触れとるし、で、刀どころやあらしまへん。片づけは後回しにして、取り敢えず蔵には鍵を掛けました」

「鍵の場所を、番頭は知ってはりますか？」

「へえ、わてと番頭と手代が知ってます」

その時、女中が口を開いた。

「番頭さんは、仕事が終わったら蔵を片づけるて、そない言うてはりました」

「ほな、もう蔵にいてはんのやな」

彦右衛門は頷いて、喜三郎に視線を向けた。

「蔵はすぐそこどす。履物を取ってこさせますよって、行ってみとおくれやす」

「では」と喜三郎が腰を上げようとした時だ。「待て」と清韻が鋭い声で止めた。

「行ったらあかん」

「御坊、どないしはりました？」

喜三郎は動きを止める。

突如、悲鳴が上がった。

驚く間もなく、喜三郎は廊下に飛び出していた。

観音開きの蔵の扉が、大きく開いている。中から男が転がるように現れた。

おそらく、蔵の片づけのために、番頭が連れて入った使用人なのだろう。

その男に続いて、中から大柄な男が出てきた。

「番頭はん、止《や》めとくれやすっ」

使用人は腰が抜けたのか、その場に座り込んでいる。番頭はその男めがけて、抜き身の刀を振りかぶった。

このままでは、男は頭から真っ二つだ。

咄嗟に、喜三郎は庭に駆け下りていた。

「喜三郎っ、戻れっ」

清韻が叫ぶ。その悲痛な声を背後で聞きながら、喜三郎は、自分よりもがっしりとした体格の番頭に身体ごとぶつかると、刀の柄《つか》を握り締めている番頭の両手にしがみ付いた。

喜三郎は番頭から刀をもぎ取ろうとした。元々、深く考えて行動する性格ではない。男を助けなければ、と考えた瞬間、身体が勝手に動いていたのだ。

（わてはなんちゅうことをしたんや）

番頭の方が力が強い。刀を奪おうにも、なかなか思うようにはならず、喜三郎はこの時になってひたすら後悔していた。

しかし、こうなった以上、手を離せば自分の命が危ない。

番頭の刀は喜三郎の頭上にある。喜三郎は刀の柄を握る番頭の手を、両腕に渾身の力を込めて押し戻そうとした。

これが己のものかと疑うほど、獣《けもの》じみた唸《うな》り声が口から漏れる。

その時、どこからか琵琶の音が聞こえてきた。

(あれは……、無情はんや)

バラバラバラ……ン……。琵琶が響いた途端、ふいに番頭の手から力が抜けた。

突然、両腕が軽くなり、次の瞬間、喜三郎は刀の柄を握っていた。

その途端、喜三郎の眼前の景色が変わった。

強い風が吹きつけて来る。轟々《ごうごう》と聞こえるその音に負けじと、人々の怒号と悲鳴が周囲を取り囲んでいた。

互いの刃が嚙み合う音が、あちらこちらで聞こえていた。空は厚い雲に覆われ、今が昼なのか夕暮れなのかも区別がつかなかった。

何がなんだか分からず、ただ立ち尽くしていると、うおーっという怒声と共に、男が襲いかかって来た。咄嗟に、喜三郎は刀を翳《かざ》して受け止める。後は、ただ無我夢中で、刀を振り回しているしかない。

皆一様に髪を振り乱し、鎧《よろい》のような物を身につけている。

その鎧が赤く濡れていた。血飛沫《ちしぶき》を浴びているからだと、すぐに分かった。

喜三郎の振るう刀で、一人、また一人と足元に倒れていく。なぜか足元は砂地だった。潮と血の匂いが、辺り一面充満している。

顔を上げれば、目の前に海が広がっていた。風と騒乱で、波の音にも気づかなかった。何艘《そう》もの船が浮かんでいるが、どれも喜三郎が知っている物とは形も大きさも違っていた。

兜《かぶと》を被っている者もいた。火を掛けられ、燃え上がる船もある。女たちの悲鳴も聞こえた。次々に水に飛び込んでいる者の姿が、遠目でも見えた。

「これは、夢や」

喜三郎は声に出して呟いた。夢にしては、自分の声が妙に生々しく聞こえた。背後で、砂を蹴る音がした。振り返ると、頭上から刃が降ってきた。ほんの束の間、雲が切れたのか、夕日が刀身を赤く染めていた。

「来るなっ」

喜三郎は叫び、手にしていた刀を真横に払った。鎧の隙間を縫って、切っ先が男の腹を真一文字に斬り裂いた。

降りかかる血飛沫が、喜三郎の全身を彩る。押し寄せてきた恐怖に、声を限りに悲鳴を上げていた。

ふいに、背後から何者かに抱きすくめられた。猛然と振りほどこうと暴れたが、相手は少しも力を緩めない。

「喜三郎」

低いが、力のある声が耳元で聞こえた。

「気をしっかりと持て」

「無情、無情はんどすな」

その瞬間、両足から力が抜け、今にも頽《くずお》れそうになる喜三郎の身体を、無情はしっかりと支えていた。

「そなたが見ているのは、この刀の記憶だ」

「ほな、幻どすか？　子隠の辻の時のような……」

それは、喜三郎の魂が人形の中に入り、攫《さら》われた子供の記憶を辿った時のことだ。

「刀の魂が、お前に見せているのだ。刀を手から離せば終わる」

無情は背後から右手を伸ばすと、喜三郎が握り締めていた刀を取った。

まるで形を失ったように、喜三郎は己の身体が倒れるのを感じた。

急に音が途絶え、辺りが静かになった。風の音も、人々の怒号も消えた。喜三郎はじっと目を閉じてから、ゆっくりと瞼《まぶた》を開いた。そこには、霧雨堂の夜の庭があった。

幾つもの顔が己に向けられていた。最初に飛び込んできたのは清韻の顔だった。

「しっかりするんや」

清韻は不安の色をその顔に浮かべている。何が起こったのか分からず、ぽかんと口を開けているのは彦右衛門だ。番頭が茫然自失の体《てい》で地べたに座り込んでいた。今の喜三郎には、番頭の感じていた恐怖が痛いほど分かった。

（わてと同じように、海辺の戦場にいたんや）

おそらく、彦一も同じ目に遭ったのだろう。

（とても、正気でいられる筈があらへん）

――来るな、来るなあ……――

次々に襲い掛かられて、いつしか喜三郎も同じように叫んでいた。幾ら幻であったとはいえ、刃が人の身体に食い込んだ時の感覚は、思い出すだけで、手が震えるほど怖ろしかった。

「刀をどないしはるんどす？」

彦右衛門の声が、喜三郎を現実に引き戻した。見ると、黒い僧衣姿の無情が、刀を鞘に納めているところだった。

彦右衛門はひどく戸惑っているようだ。

「刀は私が貰っていく。この家には無用であろう」

「あの、こちらのお若い方は、いったいどちらはんどす？」

彦右衛門が清韻に尋ねた。僧衣を着ているので、清韻の連れだと分かったのだろう。

「妙音寺の客僧や。このお方の言わはる通りにしたらええのや」

彦右衛門はすぐに首を縦に振った。

「そうしていただけるんやったら、こちらも助かります」

無情は懐から包みを取り出すと、彦右衛門に渡した。

「ただとは言わぬ。これと引き換えだ」

彦右衛門は受け取った包みを開いた。中には茶碗が入っていた。

「これは、私があの武家にお売りした茶碗どす」

彦右衛門は、呆気に取られたように無情を見つめている。

「刀の元の持ち主とは、すでに話がついておる。刀さえなければ、霧雨堂も元通りだ。その男も明日には正気に戻ろう。そなたの息子も、そろそろ目覚める」

「ありがとうございます」

彦右衛門は腰を低くして頭を下げる。

「妙音寺様のお陰で、息子も落ち着きました。後ほど改めてお伺いし、この御礼は必ずさせて貰います」

「寺に喜捨《きしゃ》いただければ、それでええんどす」

清韻はそう言うと、改めて喜三郎に視線を戻した。

「御苦労さんやったな。そろそろお暇《いとま》しよう」

「わては、何かの役に立ったんやろか」

喜三郎の頭は、未だにぼうっとしている。

「うちのもんを助けてくれはりました」

すかさず彦右衛門が答えた。

そう言えば、と、喜三郎は考えた。確か、使用人が番頭に襲われていて……。

「あっ」と思わず声が出た。

「あの時、わてが番頭さんから刀をもぎ取って……」

(そのお陰で、あないな怖い思いをしたんや)

今更ながら、喜三郎は、己が命懸けの行動に出たことに驚いていた。

剣劇物は芝居で見たことがある。子供の頃は、役者の大立ち回りに胸が躍り、自分もやってみたいと思った。

だが、芝居と実際に斬り合うのとは違う。たとえ、それが夢か幻であったとしても、二度と御免だと思った。

「立てるか」

無情が腕を伸ばしてきた。喜三郎は、未だに土の上にへたり込んだままだ。

「おおきに」と、喜三郎は右腕を伸ばして、無情の手を取った。すると、着物の袖がまくれ、右の手首が剝き出しになった。

無情に引き起こされた時、妙に右腕が熱く感じた。一瞬、目にした右の手首の辺りが、何やら黒っぽい。

（土でも付いてるんやろ）

喜三郎は右腕をさすってから、着物の袖を引き降ろした。

「せやけど、無情はん。先ほど彦右衛門はんに渡した茶碗は……？」

刀を手放した武家が、持って行った筈だった。

「その話は寺に着いてからだ」

無情が答えた時、彦右衛門が言った。

「喜三郎はんにも、何か礼をせなあきまへんなあ」

「礼ならば……」

喜三郎より先に、無情が口を開いた。

「酒が良い」

「へえ、喜んでご用意いたしますよって」

彦右衛門は、すぐさまその場から姿を消した。

其の四　蜘蛛の手

寺に戻る間、喜三郎は己の見た幻について考え続けた。海辺を舞台に戦《いくさ》をしていた。徳川家康が、江戸に幕府を開いてからのことではない。

（もっと、もっと、昔の出来事や）

しかも、海を戦場とした争乱だ。

清韻は酒の徳利を抱えて、二人の先を行く。無情は右腕で琵琶を抱え、左手で例の刀を手にして、喜三郎の右側を歩いていた。

喜三郎は、番頭と格闘していた時のことを思い出した。

（あの時、確かに、琵琶の音が聞こえた）

その途端、番頭は力を失い、喜三郎は刀を取り上げることができた。もっとも、直後に起こった展開は、喜三郎にとって心底恐ろしい出来事であったが……。

「ありがとうさんどす」

喜三郎は、顔を無情へと向けた。

「遅うなりましたけど、助けて貰《もろ》うたんやさかい礼を言います」

正直、未だに煮え切らない思いを抱えている。

本当に、これで事は終わったのだろうか……。

「その刀を握ったもんが、おかしゅうなることはよう分かりました」

喜三郎は、自らを納得させるように言った。

「せやけど、無情はんはなんで平気でいられるんどす？　その刀の柄を握って、鞘に納めるところを、わては確かに見ましたえ」

すると、無情は刀を握り直して、喜三郎の眼前に突き出した。

蠟色《ろいろ》の鞘には、蜘蛛が描かれている。喜三郎は思わず足を止め、後ずさりした。

「堪忍しておくれやす。わてらのような町人には、無用なもんどす」

喜三郎が怯《おび》えているのが分かったのか、無情は刀を下ろした。

「人と同じように、刀にも魂が宿る」

歩を進めながら無情は言った。

「魂、どすか？」

魂など、これまで考えたこともない、と喜三郎は思った。

霊魂とか、魂とか……、語る時には必ず「死」が付いて回る。この世に生まれてすぐに死別した母親は別として、喜三郎はこれまで、白扇堂の祖父と祖母を見送っていた。二人とも、天寿を全《まっと》うしたと言える年齢だった。

　人は必ず死ぬ、ということを、喜三郎はこの時に知った。喜三郎にとって、「死」とは、人と人を隔てる壁のような物だ。壁の向こうに行ってしまった人たちとは、もう二度と逢えない。そう思うと、悲しい、というよりも寂しい気持ちが勝った。

　お豊は喜三郎を連れて、妙音寺へはよく足を運んだ。それが清韻和尚と出逢う切っ掛けでもあった。後に、清韻が行う「心魔の祓い」が、心の部屋を清めることだと知った。

　――芝居は嘘の世界や――

　お豊は喜三郎に言った。

　――せやけど、その嘘の世界で、人は、ほんまに泣いたり笑《わろ》うたりする。どないに苦しみを背負うてはるもんかて、ほんの一時、憂さを晴らし、幸せな気分にしてくれる。幸せなもんの心には、魔物は棲むことはできひんのや――

　考えてみれば、「神仏」の姿が人に見える筈がなかった。なぜなら、「神」も「仏」も人の心の中に在ったのだから……。

　ならば、魂はどうなのだろう？

　喜三郎は、母親のお松の幽霊すら見てはいない。お豊は、「神仏」については語ってくれたが、「霊魂」については何も言わなかった。

人は死んだら、それで終いや、喜三郎はそう考えていた。だからこそ、己の人生を無駄にしたくはなかった。やりたいことを存分にやって、死にたいと思った。

ところが、その根本が、無情という存在と出逢ってから、しだいに揺らぎ始めている。清韻の子供の頃から、無情は一切年を取ることなく、生き続けているという。ならば、「不磨《ふま》」は、到底、「人」とは言えないのだろう。

その無情が、「刀にも魂が宿る」と平然と言ってのけたのだ。

それればかりではない。あの戦乱の幻の最中に放り込まれていた時も……。

――これは、刀の記憶だ――

(確か、そないなことを……)

喜三郎が思い出した時、無情がこう言うのが聞こえた。

「魂があるゆえ、刀が主《あるじ》を求めているのだ」

「はあ、主どすか。つまり、刀の主人どすな」

喜三郎が戸惑いながらも応じた時だ。前を行く清韻が振り返った。

「寺の本堂に明かりが灯っておる。誰ぞ客人でも来てはるんやろうか」

すると、無情が平然とした態度で答えた。

「『霧雨堂』に刀を捨てた武家だ。私がここへ呼んでおいた」

年の頃、二十二、三といったところだろうか。年若い武家は、本堂の薬師如来の前に、身を小さくして座っていた。堂内の四隅で蠟燭が揺れている。無情が出る前に灯したのだろう。

彼等が脇の階段から上がって来た時、武家は驚いたように三人を見た。何やら落ち着かないその様子から、本人が望んでここへ来たのではないのが分かった。

「てっきり、京を出てはるんやて思うてました」

清韻が声音を和《やわ》らげて問いかけた。まず、武家の緊張を解いてやろうと考えたようだ。

一方、武家の方はちらちらと横目で無情を見ている。どうやら怖れているらしい。

「ちょうど酒があるよって、喜三郎、一献《いっこん》差し上げとくれやす」

喜三郎はすぐに厨に行くと、湯飲みを用意した。

酒を注いだ湯飲みを渡すと、武家はすぐさま手に取って一息に呷《あお》る。

「私は長門国《ながとのくに》、清末《きよすえ》藩の、秋山透弥《あきやまとうや》と申す者です」

秋山は確かに旅支度をしていた。無情が言っていたように、この日の早朝、郷里へと旅立ったのだろう。

「なぜ、未だに京にいてはるんどす？　とうに出立したものかと」

喜三郎は疑問を口にする。本当に茶碗が欲しかったのかどうかはともかく、あれほどの騒動を起こした刀なのだ。手放したくなる気持ちは理解できた。

「おっしゃる通り、私は、西国へ続く道を歩いていたのですが……」

ふと、風に乗って琵琶の音が聞こえたような気がした。街道で琵琶を弾く者などはいない。最初は空耳だろうと思った。

「ところが、いつの間にか、京へ戻っていたのです」

不思議な思いで、再び京を出ようとしたが、気がつくと洛中を歩いている。しかも、どこへ向かっても、どの通りに入っても、足は自然とこの妙音寺に向かっているのだ。

「幾度も寺の門前に辿りつきました。仕方がないので、声をかけようとしたところ、琵琶の音が聞こえて……」

琵琶は本堂から流れてくる。秋山は階《きざはし》を上って本堂の扉を開いた。

「無情殿がおられました。無情殿は、何もかもご存知の様子で……」

――刀のせいで、霧雨堂で騒動が起こったこと、知っておるのか――

秋山はその場にひれ伏すと、すべてを白状した。

「最初から、京土産の茶碗が欲しかった訳ではございません。霧雨堂へ行ったのは、他の店では、刀との交換を断られたためで……」

刀剣屋に刀を渡すと、どうしても刃を見るために刀を抜かれる。それを避けるために、あまり刀に興味を持ちそうにない店主を探したのだという。

「竹光だと言うておけば、刀身を見られることもないかと……」

騙すつもりではなかったのです、と、秋山は再び額を床にこすりつけた。

「刀は、平安の世の終わり頃に使われていた古い物です」

清末藩のある長門国には、源氏と平氏の決戦の地、壇ノ浦《だんのうら》があった。

壇ノ浦で源氏と平氏が最後の戦に臨んだ時、秋山家の先祖は源氏方の雑兵《ぞうひょう》として戦に加わっていた。

「戦闘で平氏が敗走した後、先祖は落ち武者狩りを命じられたのです」

秋山家の先祖は、名を小平太《こへいた》と言った。多くの敗残兵を捕らえ、首を斬り、その功績が認められて、侍大将にまで昇格した。

その刀は、捕らえた兵から奪った物であった。

「鞘は無くなっていましたが、刀は伯耆《ほうき》国で造られた名刀であることが分かりました。小平太は、秋山家に出世を呼び込んでくれた幸運の刀と考え、美麗な鞘を作らせ、刀を納めたのです」

それが、この蜘蛛の意匠の鞘なのだ、と秋山は視線を無情の手元に移した。無情はあの蜘蛛の刀を、まだその手に持っていた。

「小平太は、その刀に『蜘蛛手切《くもでぎ》り』の名前を与えました。今となっては、その理由までは分かりませぬが、秋山家の宝刀として代々受け継がれてきたのです」

秋山は小さくかぶりを振り、さらに話を続けた。

「ところが、いつの頃からか、刀は蔵の奥に仕舞われるようになりました」

刀を抜けば、怖ろしい光景を目の当《ま》たりにするのです、と秋山は言った。

抜いた刀に触れた者も同じだった。

やはり、これは殺された落ち武者の祟りではないか。

「ゆえに、刀は常に鞘に納めておくのがしきたりになりました。この蜘蛛手切りは先祖伝来の宝刀ですが、いつ何時《なんどき》、不幸を呼び込むやもしれぬ、祟刀《たたりとう》でもあるのです」

ありがたくもあり、怖ろしくもあり……、と秋山は言う。

「当然、手放すことも考えました。寺に納め、供養もいたしました。ですが、どういう訳か、刀は我が家に戻ってきてしまうのです」

刀が戻ってくる、とは、いったいどういうことなのだろう。話を聞きながら、喜三郎は首を傾げた。無情も清韻も無言で話を聞いている。喜三郎は、空になっていた秋山の湯飲みに酒を注ぐと、次の言葉を待った。

「到底、信じられぬ話でしょうが……」

秋山は再び湯飲みを手に取った。

「鞘が美麗なので、誰しも刀を欲しがります。こちらは喜んで手放すのですが、しばらくすると返しに来られるのです」

――今の世は武士と雖《いえど》も、争うことのない平和の世だ。ゆえに刀は抜かぬ方が縁起が良い。鞘を眺めるだけでも充分に眼福《がんぷく》の筈――

「そう忠告はするのですが、まるで刀が呼んでいるかのように、どうしても、刀身を見たくなるのだとか……」

抜けば、必ず幻を見る。それでも、すぐに刀を鞘に納めれば大事には至らなかった。

どんな幻を見たのか、喜三郎には予想がついた。海辺で繰り広げられていた戦闘の様子だ。ただ、見ているのではない。自らがその刀を手に、争乱の最中に置かれているのだ。

壇ノ浦の合戦も平氏の滅亡も、琵琶法師の語る平曲で、幾度か聞いたことがある。

その時は光景を想像するだけであったが、あの幻は、まさに真実を伝えるような迫力に満ちたものだった。

無情は、「刀の記憶」だと言った。刀にも意志があるなら、まさに魂が宿っていることになる。

「実は、一度だけ、刀を抜いてみたのです」

秋山もまた喜三郎と同じ光景を目にしたに違いない。秋山は急に押し黙って、目線を落とした。

「私は、これまで斬り合いをやったことがありませぬ」

やがて、秋山は顔を上げた。

「剣術は学びました。それが武士の習いですので……」

それから一呼吸をおくと、声音を強める。

「それは怖ろしゅうございました。死が目前に迫る、とは、まさにこのこと」

うんうんと喜三郎も頷く。武家とはいえ、秋山も喜三郎と同じで、今という時代に「死」を考えながら生きてはいない。

「狂乱し、刀を振り回していた私を、父が止めてくれました。ただ、そのせいで父は深手《ふかで》を負ってしまったのです」

元々豪胆であった秋山の父親は、自ら刀を鞘に納めた。

「親に手をかけるなど、このような不孝が許されて良い筈はない」

秋山は悔やみ、そうして、ついに決心した。

「刀を手放そうと思いました。できれば、遠い場所へ……。そんな折、御役目で京へ行くことになったのです」

この機会を逃《のが》してはならない。秋山は祟刀を持って旅立った。

深いため息をつくと、秋山は無情が手にしている刀に目をやった。

「結局、また秋山家に戻ることになるのですね」

諦《あきら》めたようにぼそりと呟く。

「捨て場所やったら、どこにでもありますやろ」

喜三郎が口を挟んだ。

「山奥に埋めるとか、川とか、海に流すとか……」

「それができぬのです」

悲痛な声で秋山は言った。

「誰かが必ず見つけるのです。そうして、刀を携《たずさ》え私の家を訪ねてくるのです」

――これは、こちらの刀ではございませぬか。あまりにも美麗な鞘ゆえ、きっと大切にされているのであろうと……――

――何ゆえ、我が家の物だとお分かりになったのです？――

すると、届け人は、皆一様に首を傾げてこう言うのだ。

――なぜか、そのような気がして……。まるで刀が導いているような――

「あり得ぬ話ですが、納得するしかありません。この刀は、確かに我が秋山家に取り憑いているのです」

「もはや、そうはならぬ」

それまで黙って聞いていた無情が口を開いた
「この刀が、そなたの元に戻ることはない。安心せよ」

戸惑うように秋山は無情を見た。

「それはどういう意味なのでしょうか？」

「そなたの家は、長い間、この刀を預かっていただけだ。刀は己の主の許へ戻った。ゆえに、もう苦しむことはない」

秋山は呆気に取られたように無情を見つめた。さらに混乱していたのは、喜三郎だ。

「主、て誰どす？」

思わず、無情の方へ身を乗り出そうとした時だ。

「そない難しゅう考えんかてええんどす」

と、清韻が喜三郎の言葉を遮るように割って入った。

「この寺は、悪霊を祓うのを本分にしてますんや。この無情はんが、刀の霊を鎮めてくれはる。せやさかい、あんさんは、このまま刀を置いて行ったらええ。そういう意味どすわ」

「つまり、この刀を引き受けて下さる、と、そうおっしゃるのですか」

秋山は縋るような目で無情を見る。

「私は、霧雨堂に迷惑がかかるのを承知で、刀を置いてきてしまいました。やはり、騒動があったご様子。どうやって詫びたら良いのか……」

「大きな被害があった訳やない。刀を抜いた息子も、手に取った番頭も難を逃れた。怪我をした手代も、幸いかすり傷で済んでおる。刀と交換した茶碗も、すでに無情はんが返さはった。後は無情はんに任せて、あんさんは、安心して国に帰ったらええんや」

秋山は頭を深く下げ、しばらく顔を上げようとはしなかった。


（納得できひん）

その夜、喜三郎は夜具の中で幾度も寝返りを打った。そこは、厨の隣の小座敷だった。いつも寝ている座敷には秋山がいる。先ほど少し覗いてみたら、安心しきった顔で軽い鼾《いびき》までかいていた。

祟刀に、よほど悩まされていたらしい。

清韻も無情も、これで事は収まったかのような態度だ。だが、喜三郎が見せられた刀の記憶とやらは、そうすぐには忘れられるものではなかった。

何よりも恐ろしいのは、未だに、人を斬った時の感覚が手から抜けないことだ。さらに、なぜか右腕が痛み始めている。強い痛みではなかったが、気にし始めると余計に眠れなくなった。

喜三郎はついに起き出していた。隣の厨にはまだ酒が残っている。喜三郎はそれを目指して寝床から這い出した。

小座敷の襖《ふすま》をそっと開けると、厨に入った。酒の入った徳利が、戸棚にあるのは知っていた。

喜三郎は蠟燭に明かりを灯すと、五合徳利を一本、戸棚から取り出した。すぐに湯飲みに酒を注いで、一気に飲み干す。

（さすが一蝶堂や。相変わらず美味い）

妙音寺の酒は、五日に一度、千夜が届けてくれる。金を取らないのは、無情への礼の気持ちからだ。喜三郎は大きな顔をして相伴《しょうばん》に与《あずか》っている。

しばらくすると、酔いが回ってきた。厨で酒徳利を抱え込んで寝ている姿を、翌朝、清韻に見られるのは、いくら何でも気まずかった。

蠟燭の火を消そうとして、ふと右腕が気になった。喜三郎は着物の袖をたくし上げて、蠟燭の火に近づけた。

「うわっ」

思わず声を上げた。それから慌てて、片手で己の口を塞いだ。

(蜘蛛や、蜘蛛がいてるっ)

喜三郎の手首の辺りから肘にかけて、大きな蜘蛛がいる。蜘蛛の身体から伸びた細い八本の脚が腕に張り付いていた。

喜三郎は必死で蜘蛛を払った。払っても払っても蜘蛛は取れない。取れないばかりか、より痛みを感じた。

最後は爪で引き剝がそうとした。やはり痛いだけだ。

「なんや、これは……」

再び悲鳴を上げそうになった時、何者かの手が、背後から口を塞いだ。

「落ち着け」

無情だった。喜三郎は無情の手を口から外すと、早口でこう言った。

「蜘蛛がわての腕にいる。お願いや、早《はよ》う取っておくれやす」

「できぬ」

腹立たしいほど冷静な声だ。

「できぬ、て、どういうことどす。こないにはっきり見えてんのに……」

すると、無情はグイと喜三郎の右腕を摑み、己の片手を蜘蛛の上に押し当てた。

腕が焼けるようだったが、耐えているうちに、その痛みもしだいに薄れてきた。

「これで良い」

無情は手を離した。確かに、もう焼け付く痛みはない。しかし、やはり、蜘蛛は喜三郎の腕の上に乗ったままだ。色は赤黒い。まるで朱墨《しゆぼく》で刺青を入れたように見える。

「これでええ、て言われても……」

不満を露わにして、喜三郎は無情を見た。

「消えてしまへん。それに、これでは目立ち過ぎます」

「晒《さら》しを巻いて隠しておけば良かろう」

「消せへんのどすか」

そこが大事だ。

「消えぬ。それは、そなたの宿縁《しゆくえん》ゆえ」

（宿縁……て）

「なんのこっちゃ」と問おうとしたが、無情は酒の徳利を手に、悠然と厨を出ていってしまった。

どうやら、喜三郎と同じで、無情も厨に酒を取りにきたらしい。

（無情はんの言うことは……）

よう分からんと、喜三郎は頭を抱えた。だが、しばらくして喜三郎もまた徳利を手にすると立ち上がっていた。

（深夜に、一人で考えたかて、ええことにはならん）

ここは寝てしまうに限ると思った。もしかしたら、今もまだ、夢の中にいるのかもしれなかった。

翌朝、清韻に起こされた。

「腕を見せてみ」

寝ぼけ眼《まなこ》をこすっている喜三郎に、清韻はいきなりそう言った。

「腕、て、なんどす？」

すぐには、清韻が何を言っているのか分からなかった。

「右腕や」

清韻は喜三郎の腕を取ると、サッと着物の袖をたくし上げた。

その途端、赤黒い色をした大きな蜘蛛が、喜三郎の目に飛び込んできた。

（夢やなかったんや）

「御坊」と、喜三郎は縋るように清韻を見た。

「これは、何かの病どっしゃろか？」

無情は「宿縁だ」と言っていた。「不治の病」のことではないか、そう思うと怖かった。

「お前の命に関わることとやあらへん」

清韻は顔を曇らせる。

「せやったら、なんでそないな顔をしはるんどす?」

喜三郎は不安を感じて清韻の様子を窺った。

しばらく沈黙が続いた後、清韻はやっと重い口を開いた。

「お前を産んで間もなく、お松さんは亡《の》うなった」

(それは、何度も聞いてる)

喜三郎はうんざりとした思いで、清韻を見つめる。

その話を耳にする度に、喜三郎は、まるで自分が母親を殺したような気分になるのだ。

「お松さんの母親のお豊さんが、お前を育てた」

「へえ、そのことで、親父様も相当腹を立ててはったそうどす」

──女房の忘れ形見を、無理やり連れていかはった──

「実はそれについて、お豊さんからある話を聞かされてるんや」

お松が息を引き取った時、お松の実母であるお豊は、富之助のあまりにも消沈した様子に懸念《けねん》を抱いた。

「飲まず食わずで、このままやと、富之助はんまで命を失うんやないか、て、店の者は随分案じていたらしい」

それが、初七日《しょなのか》を過ぎても続いている。そんなある日、乳母が喜三郎から目を離したほんのわずかの間に、ある出来事が起こった。

「富之助はんが、生まれて間もないお前の首に手を掛けとった。今にも首を捻《ひね》りそうにしてんのを、たまたまお豊さんが見てしもうたんや」

――何してはんのやっ――

お豊は富之助を突き飛ばすと、喜三郎を抱き上げた。

――あんさん、父親どすやろっ。実の子になんちゅうことをっ――

すると、富之助はまるで人が変わったように、ぶつぶつとこんなことを言い出した。

――その子のせいや。その子がお松の命を吸い取ってしもうたんや。それは、人やない。魔物や。見てみい、右の腕を……――

小さな喜三郎の右腕に、赤黒い色の蜘蛛の形の痣《あざ》があった。

すぐに医者が呼ばれ、富之助は処方された薬湯《やくとう》を飲まされて、三日三晩、死んだように眠り続けた。そうして、目が覚めた時には、自分の取った行動のすべてを、綺麗に忘れてしまっていたのだ。

「富之助はんの記憶には、我が子の命を奪おうとした事実は残ってへん。恋女房を失《うしの》うた辛さから、おかしな考えに囚われてしもうたんやろ。心に魔が入り込んだんやな」

「それを知っているのんは、お祖母はんだけなんどすな」

「お前を多嘉良屋に置いてはおけん、そう考えたお豊さんは、富之助はんの反対を押し切って、お前を引き取ったんや」

その後で、お豊は喜三郎を妙音寺に連れてきた。

――腕にこないなもんを付けて生まれてこんかったら、父親から酷《むご》い仕打ちをされんでも済んだんどす。この痣を、消すことはできしまへんやろか――

「それで、御坊は、わての痣を消したんどすか」

「いや、消したんはわしやない」と、清韻は即座にかぶりを振った。

――これは生まれついてのもんや。決して悪い霊が取り憑いている訳やない。心魔の祓いは意味があらへん――

清韻はそう言って、お豊を諭した。

「消したんは、無情はんや」

清韻は、喜三郎の思いも寄らないことを言った。

「消したというより、隠したんや。つまり、人の目には見えんようにしはったんやな。お前は四つやった」

「無情はんが……」

喜三郎は驚きの声を上げていた。

「わてはすでに、無情はんと逢《お》うてたんどすか」

とても信じられなかった。元より、喜三郎が覚えている筈もない。無情からも、喜三郎を知っている様子は微塵《みじん》も感じられなかった。

「無情はんが、お前の痣を隠さはった。せやけど、いずれまた現れる。この蜘蛛の痣はこの子の宿縁や、てそない言わはってな」

――消えぬ。それは、そなたの宿縁ゆえ――

昨晩も、無情はそう言った。

清韻は袂《たもと》から晒し布を取り出すと、喜三郎の蜘蛛を隠すようにグルグルと巻き始める。

「なんや、水臭《みずくそ》うおすな」

喜三郎は呟いた。

「逢うてんやったら、そう言うてくれたかて……」

「言うたところで、お前は覚えてへんやろう」

「それは、そうどすけど」

確かに喜三郎の記憶には残っていない。だが改めて考えてみれば、喜三郎は、近所の子供等とあまり遊んだことがなかった。遊ぼうと思って近寄っても、なぜか皆、離れていってしまう。

——喜三ちゃんの腕には大きな蜘蛛がいてる。なんや気味が悪いわ——

確かに、一度、面と向かってそう言われたことがある。喜三郎が四歳になったばかりの頃だ。

——お前は母親のお松に似てるさかい、大きゅうなったら、それはええ男はんになる。痣の一つくらいどうということはあらへん——

お豊から常日頃そう言われていたので、自分を嫌う者は、やっかんでいるのだと思っていた。

(そう言えば、あの時……)

たまたま吉次郎が白扇堂に遊びにきていた。吉次郎は喜三郎より三歳上だ。喜三郎に「気味が悪い」と言ったのは、七歳の吉次郎よりもさらに二つばかり年上の子供だった。

その言葉を聞いた次の瞬間、吉次郎はその子供にいきなり飛びかかっていた。

喜三郎の前で、吉次郎の方が悔し涙を流しながら、年長の子と大喧嘩をしている。喜三郎はただ茫然として、まるで他人事のように、その光景を眺めていた。お豊が喜三郎を連れて、再び妙音寺を訪ねたのは、それから間もなくのことだった。

少しずつ、記憶が蘇ってくる。ひたひたと静かに波が寄せるように……。

――神さんが作ったもんに、醜いもんなんぞあらへん――

女郎蜘蛛の写生をしながら、吉次郎は喜三郎にそう言った。喜三郎には、吉次郎の感じている「美しさ」が理解できなかった。

(兄さんは、この痣のことを知っていたんや)

離れて暮らしていたので、あまり兄だという実感は持てなかった。しかし、それでも、吉次郎にとっては、喜三郎は弟であったのだ。

(お父はんを恨む気にもならん)

富之助のお松への愛情がどれほど深いものであったか、今になって喜三郎の胸に強く迫ってくる。

祝うべき出産が、妻の死出の旅路となった。

喜ぶべきか悲しむべきか、はたまた呪うべきか……。偶然、喜三郎が蜘蛛の痣を持って生まれたがゆえに、その矛先《ほこさき》が、自分に向けられてしまった。

（頭のええあの親父様にも、己を見失うことがあるんやな）

人の心は弱い。ゆえに、心の部屋には魔が入り込み易い。魔を祓い清めることで、神や仏が入れば、人の心は強くなる。

心魔の祓いとは、きっとそういうものなのだろう、喜三郎は今更ながら、そう思った。

「あんまり深《ふこ》う考えんかて、ええ」

腕に布を巻き終えた清韻は、励ますように喜三郎に言った。

「今度も、無情はんがなんとかしてくれはる」

案ずるな、と清韻は笑った。

その日の朝、秋山透弥は妙音寺を去った。一族の重荷を降ろせたことが、よほど嬉しかったようだ。どこか弾んだ声で、皆に別れを告げていた。

喜三郎は、朝餉を終えると鴻鵠楼に向かった。昨日は丸一日を霧雨堂の騒動で終わった。秋山家から預かった「蜘蛛手切り」は、無情が手元に置いている。

（確か、刀が主の許へ戻った、とか言うてはった……）

つまり、「蜘蛛手切り」の本来の持ち主は、無情ということになるのだろうか？

（いや、待て）

喜三郎は己の胸の内で、自問自答を繰り返す。

秋山透弥の先祖は、あの刀を平氏の落ち武者から奪った物だと言っていた。当然、そうなると武士は殺されてしまったのだろう。「不磨」だという無情が、その時から生きていたとしても……。

そもそも無情は死んではいない。

それに、何よりも刀の銘が気になる。

（蜘蛛手切り、てなんやろう？）

名刀なのか迷刀なのか……。己の蜘蛛形の痣とも重なって、喜三郎はどうにも落ち着かなくなった。

肆《し》ノ演　呼《こ》魂《こん》の琵琶《びわ》

其の一　兄弟

鴻鵠楼は、十五日の月灯会《げっとうかい》に向け、準備に余念がなかった。緞帳《どんちょう》もでき上がり、無情の琵琶語りの舞台設定も、大方決まった。緋色の衣装は孝一郎が引き受けてくれた。

だが、やはり鴻鵠楼は芝居小屋だ。琵琶の語りだけでは、なんだか寂しい。

「旦那に逢いたいていてお人が来てはりますえ」

客席から舞台を眺めていた喜三郎に、芳蔵が声をかけてきた。見ると、芳蔵の後ろに、中肉中背の四十絡みの男が立っている。のっぺりとした顔には、さほど特徴はない。

「旅芝居、『石見座《いわみざ》』の座頭《ざがしら》で、庄吾郎《しょうごろう》と申します」

名乗るまでもなく、喜三郎には一目でこの男が役者だと分かった。素顔に癖がなく、全身にも、これといった印象がない。つまり、どのような人物にも化けられるのだ。

石見座は、元々は石見国の神楽《かぐら》芝居から始まったという。西国は九州までは巡業していたが、京は今回が初めてだった。

「鴻鵠楼は、小さな旅芝居でも興行させてくれるて噂を耳にして、大坂まで来たついでに、京まで足を延ばしました。鴻鵠楼は、小屋主が替わり、新しゅうなったとか。その祝いの意味で、ぜひとも芝居を打たせていただきたく、こうして挨拶に参ったしだいです」

庄吾郎は年下の喜三郎に丁重《ていちょう》に挨拶をした。

「ご丁寧にありがとうさんどす」

喜三郎は喜んだ。と、同時に少しばかり案じる気持ちもあった。

「せやけど、ほんまにええんどすか？　今、多くの旅芝居は、京へは入らず、大坂から江戸へ向こうてる、て聞いてますえ」

京では芝居小屋への締め付けが厳しくなっているとの噂は、当然旅芸人の耳にも入っている。

「私どもは京で興行がしたいのです。江戸は、その後で考えます」

庄吾郎は熱意を込めて言った。

「今月十五日に月灯会を催します。この日は、木戸銭を半額にして、より多くの客に来ていただこう、て趣向なんどすが……」

当然、一座の実入りが減る。それでも良いかと、喜三郎は尋ねた。

「かまいません。都で興行できるのなら、私ども一座にとって、これほど喜ばしいことはありません」

庄吾郎は喜んで承知した。

石見座は娘三人、若い衆が五人の所帯だった。

「宿は向かいの小笹屋さんが、二階を貸してくれはります。宿賃はこちらで持ちますさかい、そこを使《つこ》うて下さい」

小笹屋が旅芝居に宿を貸すことは以前にもあった。鴻鵠楼で風呂が使えるので、寝泊まりには不便はない。食事も、お稲夫婦に頼んでおけば用意してくれる。

「それで、どのような出し物を……？」

さっそく尋ねた。

「神楽舞いと、人情物の芝居です」

と、庄吾郎は答えた。

「お上の規制で、衣装は、あまり派手にはできひんのどす」

その辺りの事情は、庄吾郎もすでに承知していた。

「明かりと舞台の飾りつけでなんとでもなります。野天《のてん》で芝居を打ったこともありますゆえ、ご面倒はかけません」

芝居には立ち回りも入るという。

「内容は、壇ノ浦合戦の後の話です」

壇ノ浦……、と聞いて、喜三郎は啞然とした。

「それは、あの平氏と源氏の最後の戦のことどすか？」

「そうです」と庄吾郎は頷いた。

「私どもが回っている西国の山深い村々の中には、かつての平氏方の武士や一族の子孫だという村が多々あるのです。源氏が権力を握った折には、身を隠して生きてきた彼等も、徳川の世ともなれば、かつての栄華を誇りに思うようになります。先祖は清盛《きよもり》の直系だと、本当か嘘か分からんようなことを言う者もいます。そこで、平氏滅亡後の悲劇を演じれば、皆、喜ぶものですから……」

「せやけど、滅びたんやったら、あまり気分はようないんと違いますか？　むしろ、新たに恨みつらみが湧いてくるとか……」

「なんのなんの」と、庄吾郎はかぶりを振った。

「大昔の話です。あれから源氏も滅び、戦国の世を制して天下を取ったのは徳川様です。まさに、琵琶の平曲で謳《うた》われる『諸行無常《しょぎょうむじょう》』そのもの。見る者はそこで泣くのです」

琵琶で語られる平家物語は、すべてが作り話ではないだけに、より一層、聞く者の涙を誘うのだ、と庄吾郎は言った。

「壇ノ浦というと、平曲では、幼い安徳《あんとく》天皇を抱いた二位尼《にいのあま》の入水《じゅすい》が、もっとも泣かせる場面どすが」

喜三郎は興味を覚える。

「それが……」

庄吾郎は否定するようにかぶりを振った。

「私どもの一座で演じますのは、どの平曲にもない、全く新しい芝居なのです」

「新しい芝居、どすか？」

それは、喜三郎の好奇心を激しく刺激する言葉であった。


石見座の平氏の悲劇を元にしたという芝居に、喜三郎はひどく関心を抱いた。ところが、その時、新調した提灯が届き、その設置に喜三郎自身も手を取られることになった。

「詳《くわ》しい話、今晩、聞かせて貰います」

それまで、まずは小笹屋で旅の疲れを取っておくれやす、と喜三郎は庄吾郎に勧めた。芳蔵には、少し早めだが、鴻鵠楼の風呂を立てるよう頼んでおいた。

喜三郎は辰吉に手伝わせ、提灯の取り替えを始めた。

矢倉芝居の二階桟敷になる辺りに、鴻鵠楼は、舞台と客席を照らす明かりのための提灯を吊るしている。客席の両横と後ろに取り付けるので、数は六十張ほどにもなった。芝居の内容によっては、明かりの数を変える。そのための火の番も、幾人か用意しなければならない。

以前の鴻鵠楼の物は、その多くが、煤《すす》でくすんだり破れたりしていた。それらを外しては新しい提灯を下げていく。簡単な作業ではあったが数が多い分、手間が掛かった。

「喜三郎、いてるか?」

半時（約一時間）ほど経った頃、吉次郎の呼ぶ声がした。

「兄《あに》さん、二階どす」

喜三郎は欄干から客席を覗き込んだ。吉次郎は喜三郎の姿を認めると、すぐに階段を上がってきた。

「どや、何か手伝うことはあらへんか?」

吉次郎はそう言いつつ、ちらちらと自分が作った緞帳に視線を向けている。これほどの大画面に絵を描くことなどめったにないせいか、やはり嬉しいらしい。

「提灯の取り付けで、ほぼ終わりどす」

喜三郎は手を休めて答えた。

「おお、客席の座布団が一際輝いとるわ」

吉次郎は階下に視線を落とした。

枡席の座布団もすべて入れ替えた。多嘉良屋の印でもある、波間に浮かぶ宝船柄の座布団が、整然と並んでいる。藍地に白の染め抜きだが、碁盤の目のように揃っていると、なかなかに美麗だった。

これは兄の孝一郎が用意してくれた。多分、富之助が許したのだろう。

——宝船をお尻の下に敷くっちゅうのは、ちょっと罰当《ばちあ》たりな気が……——

躊躇《ためら》う喜三郎に、孝一郎は言った。

——宝船に乗せられて、芝居の中に入っていくんや——

これほど縁起のええことはあらへん、と孝一郎は豪快に笑った。

「喜三郎、お前……」

その時、ふいに吉次郎の声色《こわいろ》が変わった。気がつくと、吉次郎の目が喜三郎の右腕に吸い寄せられている。そこにはまるで怪我でもしたかのように、白い晒し布が巻かれていた。

「ああ、なんでもあらへん」

喜三郎は慌てて腕を後ろに隠そうとしたが、吉次郎の動きの方が早かった。

吉次郎は喜三郎の右手を摑んだ。

「まさか、また、例の蜘蛛か？」

（やっぱり、兄さんは知ってたんや）

あの時、喧嘩になったのも、喜三郎の腕の痣を知っていたからだ。

どうやら、この痣は喜三郎の宿命らしい。いずれにしても、喜三郎自身が背負うものであって、吉次郎には関わりがない。今さら、兄に余計な心配はさせたくはなかった。

「妙音寺の風呂を沸かしていて、火傷《やけど》をしただけや。和尚が手当をしてくれはったんやけど、大袈裟にするもんやさかい、いらん心配をさせてしもうた」

喜三郎は、吉次郎の顔に視線を向け、「蜘蛛、てなんどす」と惚《とぼ》けてみせる。

吉次郎は慌てたようにこう言った。

「ちょっと昔のことを思い出しただけや」

珍しく視線が泳いでいる。

「昔、わてに何かあったんどすか？」

喜三郎は、吉次郎の顔をそっと覗き込んだ。

「お前が生まれた時に……」

しばらくして、吉次郎はやっと重い口を開いた。

「お母はんが亡《の》うなった」

「それは、よう知ってます」

くどいほど言われ続けた言葉だ。

「孝一兄さんは、えろう悲しんで、お母はんの側を離れんかった」

長兄の孝一郎は、当時、八歳だった。母親の死を理解できる年頃だ。だが、まだ四歳の吉次郎には、何のことかよく分かってはいなかった。

――お母はんは、眠っとるだけや――

吉次郎はそう思った。それよりも、新しくやって来た「弟」に興味があった。

「手も足も身体も、何もかも小そうて、柔らこうて……」

吉次郎は当時を思い出そうとするように、その目を細める。

「泣いたかと思えば、乳を飲むと、すぐにすやすや寝始める。『可愛い』ていうのんは、この子のことを言うんやな、て、そない思うと、幾ら見ていても飽きひんかったわ」

しかし、乳をやっていた時、乳母が口にした言葉が、吉次郎の耳に残った。

――ほんまに、こないな不吉なもんを……――

喜三郎の右腕の蜘蛛形の痣を見て、乳母は呟いた。

——御寮人が亡うなったんも、もしかして、この子のせいやないか——

それから間もなく、使用人たちの間で、良くない噂が囁《ささや》かれるようになった。

「俺にとって、お前は大事な弟やった。お前がお腹にいた時、お母はんが約束してくれはったんや」

——わても兄さんのように、「弟」が欲しい——

——せやな。一緒に遊べる弟がええなあ——

——お母はん、弟を産むて約束して——

「せやさかい、お前は、お母はんが俺にくれた弟なんや。何があっても、側にいて守っていこうてそない思うてた」

ところが、「白扇堂」の祖父母が、吉次郎の「大事な弟」を連れていってしまった。

「親父様が怒り狂って、白扇堂とは縁を切るのなんの騒いでたんで、なかなか顔は出せへんかったんやけど、それでも、時々は、お前の様子を見にいってたんや」

「一人で？」

多嘉良屋から白扇堂までは、子供が一人で行ける距離ではない。

「孝一兄さんが連れていってくれた」

初めて白扇堂へ行ったのは、孝一郎が十一歳、吉次郎が七歳の時だ。富之助には内緒だった。

「兄さんが、近所の子供と喧嘩になったんを覚えとる」

「お前のことを、『気味が悪い』て言うてた子やろ」

孝一郎が喧嘩を止めた。だが、多嘉良屋に戻った二人は、富之助に事情を話さなければならなかった。

「孝一兄さんは、親父にこっぴどく叱られた。それから、二度と白扇堂へは行くなと言われた」

吉次郎は再び喜三郎の腕に視線を落とす。

「お前が家に戻った時、右腕にはもう蜘蛛の痣はなかった。俺はそれを見て安心したんや」

「もう、なんも心配せんといて下さい。腕には何もいてへんさかい……」

喜三郎は笑顔を作ると、右腕を吉次郎の前に突き出した。

「今さら、お前の心配なんぞするか」

吉次郎は安堵したように笑った。

「せやけどな」

吉次郎はふっと喜三郎から視線をそらせた。

「ほんまのことを言うと、俺も、お前の腕を『気色悪い』て思うたんや」

それからすぐに、「初めだけやで」と声音を強める。

「考えてみ。蜘蛛を見て、喜ぶもんなんぞ、そうそうおらんやろ」

念を押すように言われて、喜三郎も「わてかてそうや」と頷いた。

脚が八本あるのは、どうと言うことはない。虫には六本あるし、蛇には脚、そのものがない。

「目が八つもある、て言うのがどうも……」

と、吉次郎は首を傾げた。

「それでも、兄さんは蜘蛛を嫌《きろ》うてへんやろ」

喜三郎は、以前の吉次郎が言った言葉を思い出す。

――神さんが作ったもんに……――

うむと吉次郎は頷いた。

「お前の身体にあるもんやったら嫌わんとこう、そない思うた」

吉次郎は、庭に出ては蜘蛛を探すようになった。蜘蛛はいたるところに巣を張っていた。

「ある日、ふと、こない思うた」

――蜘蛛かて、人と同じで、一生懸命に生きとるだけやないか――

「そない考えたら、庭にいる生き物が全部面白うなった」

吉次郎は「命」に気がついた。蜘蛛だけではない。他の虫も蜥蜴《とかげ》も蛙も、みずすましまでも、時を忘れて眺めるようになった。

「生きているのは命があるからや。その命が輝いているから、生きてるもんは、皆、美しいんや」

喜三郎は、妙音寺で無情と初めてあった時のことを思い出した。

琵琶の音の流れる寺の中庭では、季節と時が入り乱れ、光と影が交差して、えも言われぬ美しい光景だった。

庭は、確かに命の輝きで満ち溢れていた。

「お前がそれを教えてくれた。今の俺があるのは、お前のお陰なんやで」

吉次郎はぽんと喜三郎の肩を叩き、照れたように笑った。

「兄さん」

喜三郎の目がじわりと熱くなる。

「まあ、そういうこっちゃ」

吉次郎は「ほな、気張りや」と喜三郎から顔をそむけたまま、階下へと降りていった。

日が落ちるのを待って、喜三郎は客席の提灯に火を入れた。その明かりに照らされて、鴻鵠楼はかつての賑わいを取り戻したかのように見えた。

「後は、客を入れるだけどすな」

夕暮れになると、千夜は必ず鴻鵠楼に顔を出す。客席から舞台を見つめるその眼差しは、きっと自分と同じ景色を見ているのだろう、そう思うと、喜三郎の胸もしだいに高鳴ってくる。

「ところで、嬢はん。その後、婚姻はどないなりました？」

千夜との縁組はすでに断られている。元々、婿入りを望んでいた訳ではないので、聞ける立場ではなかったが、やはり、どうしても気になった。

「今、お父はんを説き伏せてるところどす」

わずかの躊躇いも見せずに、千夜は即座に答えた。

「説き伏せる、て、何をどす？」

「家の跡を継ぐのは、血縁でないとあかん、ておかしな話と違いますか？」

千夜は反対に問いかけて来た。

「わてには、何のことだか分からしまへん」

喜三郎はすっかり困惑してしまう。

「一蝶堂を継ぐのが、うちやないとあかん、て言うのんが、そもそも間違《まちご》うてるんどす」

千夜は声音を強めて言い切った。

「父は入り婿どした。弟の宗太郎は、長男であるにも拘らず、後妻の子やから跡は継げんて、父は言わはるんどす。せやさかい、跡取り娘やった母の血を引いたうちに一蝶堂を継ぐように、て……」

どうやら、千夜はそれに対して、正面から逆らうつもりらしいのだ。

「大坂の店を任された宗太郎は、よう頑張ってます。一蝶堂を継いだかて、立派にやっていけますわ。うちはいずれ家を出るつもりでいます」

「それは、嫁に行かはるてことどすか？」

すると、千夜は呆れたような目を喜三郎に向けた。

「忘れてはるようやけど、この鴻鵠楼のほんまの主人はうちどすえ」

「忘れてしまへん」

喜三郎は即座に応じた。

「買わはったんも、修繕の費用を出さはったんも、名代《なだい》になってはんのも嬢はんどす。わてはあくまで雇われ小屋主どす」

「今さら嫁に行きたいとは思うてしまへん。これからは、鴻鵠楼を末永《すえなご》う続けるのんが、うちの夢なんどす」

「ええ夢どすな」

喜三郎は心の底からそう言った。千夜が自分と同じ夢を見ていることが嬉しかった。

「せやけど、その話、お父はんは承知してくれはったんどすか？」

「まだどすわ」

千夜はほっとため息をつく。

「鴻鵠楼を買い取る時、父に費用を出して貰《もろ》うてます」

交換条件として、千夜は父親の決めた相手を婿にすることを承諾した。

「それを反故にするんやったら、耳を揃えて、その金を返すように、て……」

「どないしはるんどす？　大金どすえ」

「せやから、あんさんには頑張って貰わんと……」

千夜は喜三郎の腕をパシッと叩いた。

「半分はあんさんに出して貰います。戯作は何も芝居だけやのうて、草紙《そうし》にしてもお金になりますよって」

「戯作を、本にするて言わはるんどすか？」

「ええか、喜三ぼん」

千夜は喜三郎の方へ顔を寄せると、声を落としてこう言った。

「舞台が評判になったら、今度はそれを本にするんどす。書肆《しょし》の知り合いがいてますよって、うちが売り込みをかけます。本が売れると芝居を見にくる客かて増えますやろ。戯作をあの無情はんに語って貰えば、そりゃあ客も喜びますわ」

「嬢はん、もしや、無情はんの美貌に頼ろうて魂胆と違いますか」

「あんさん、なんで父が、うちに店を継がせることに拘《こだわ》るんか、分からはりますか」

「それは、血縁を大事に思うてはるさかい……」

「それだけやおまへん」

千夜はまっすぐな視線を喜三郎に向けた。

「うちの商才を買ってはるからどす。うちの才があれば、鴻鵠楼もあんさんも、きっと儲かります」

千夜は自信有《あ》り気《げ》に言い切った。

「それにしても、無情はんの、あの綺麗な顔を黒御簾《くろみす》で隠すやなんて……」

千夜には、それが不満らしい。

「ともかく、無情はんには、少しでも長《なご》う鴻鵠楼にいて貰わんとあきまへん。逃がさんよう、しっかり捕まえといておくれやす。頼みましたえ」

喜三郎の返事も待たず、千夜は言うだけ言って、立ち去っていった。

（なんや、煙《けむ》に巻かれたみたいや）
喜三郎は茫然と千夜の後ろ姿を見送った。その後で、思わずふふっと笑いが漏れた。
（ほんまに、元気なお人や）
つい昨日、祟刀《たたりとう》に見せられた悪夢に怯えていた自分が恥ずかしくなる。
――夢は夢。叶わぬから、夢、と言う――
（叶えるための夢もある）
今は、はっきりとそう思えた。

其の二　壇《だん》ノ浦《の うら》

提灯を入れ替えて、すべての鴻鵠楼の修繕が終わった。屋根代わりの油紙も張り替え、楽屋も綺麗になった。枡席の宝船も、客を乗せるのを待つばかりだ。

急遽、加わることになった「石見座」は、平家物の芝居を打つという。源平を扱った出し物は人気がある。無情が平曲をやらないのならば、芝居は好都合だった。しかも石見座の平家物は、これまでにはなかった話らしい。西国巡業で演じてきたらしいが、京では全くの初演になる。

喜三郎は胸を躍らせながら、小笹屋にいる庄吾郎を訪ねた。

「宿の具合はどうどす？」

小笹屋の一階の席を借りた喜三郎は、酒を勧めながら庄吾郎に尋ねた。酒肴はお稲が用意してくれた。すでに客も退けて、がらんとした店の隅で、二人は向かい合わせで卓に着いていた。

「料理も美味しくいただきました。他の者はすでに休ませております」

「ゆっくり休んでおくれやす。それはそうと……」

喜三郎はわずかに身を乗り出すと、庄吾郎に顔を近づける。

「昼間の話の続きどすが、新しい平家物の出し物て、どないなもんなんどす？」

すると、庄吾郎の方も、真顔になってこんな話を始めたのだ。

「これは、私がまだ子供の頃のことです。年は、十《とお》になったかならずで……」

当時は、庄吾郎の父親が、石見座の座頭だった。

「ある夏の日のこと、旅の途中の山中で、夕立ちに出逢ってしまいました」

幸い街道の近くに古びた御堂があった。雨宿りをしようと、一座はそこに身を寄せた。

「扉は壊れ、半分外れかけていました。内部は埃《ほこり》と蜘蛛の巣だらけで、使われている様子はありません。どこかに移されたのか、何者かが盗んだのか、仏像の一つも残っていませんでした」

それでも、雨が過ぎるまでの間だ。誰も不満に思う者はいなかった。

「ところが、すでにそこには先客がいたのです」

薄暗い堂内が、稲妻が光る度に、一瞬、眩《まばゆ》い輝きに包まれる。それが、隅に座る人物の影を浮かび上がらせた。

――そこにおられるのは、どなた様ですか？――

庄吾郎の父親は豪胆な性格だった。そうでなければ、時に山賊とも渡り合わなくてはならない旅芝居の巡業を、とてもやってはいけない。

すると、バランと音が聞こえた。旅の琵琶法師だったのだ。

「琵琶が鳴らなければ、生き人《いびと》とは思えぬほど、それは静かに座っておられました」

父親は琵琶法師にこう言った。

――突然の雨で、しばしの間、ご一緒することになりました。琵琶語りの法師様とお見受けいたします。我等は旅芝居の一座。他人様《ひとさま》に芸を披露するのを生業《なりわい》にする者同士です。袖振り合うも多生《たしょう》の縁、と申します。いかがでございましょう。ここで一曲、語っては貰えませぬでしょうか――

すると、琵琶法師は快く承諾してくれた。そうして、琵琶の弦を指で弾《はじ》くと、朗々とした声で語り始めたのだ。

「待っとくれやす」

喜三郎は思わず庄吾郎の話を遮っていた。

「弦を指で弾く……、バチは使わへんのどすか？」

「そうなのです」

庄吾郎も怪訝《けげん》そうな顔で頷いた。

「子供とはいえ、旅の間に幾人かの琵琶法師に逢いました。バチの形に違いはあれど、大抵はバチで音を鳴らします」

「その時の琵琶法師の奏法は、全く違《ちご》うてはったんどすな」

念を押すと、再び庄吾郎は頷いた。

「珍しいことのようです。後で、父も不思議がっておりました」

「法師の風体《ふうてい》を覚えてはりますか？」

勢い込んで尋ねた喜三郎に、「はい」と庄吾郎は答えた。

「一目見れば、忘れることなどできませぬ。確かに僧衣を纏《まと》っておられましたが、有髪で、男とは思えぬほど、実に美しい容貌をしておられました」

一座にいた女子《おなご》等が、一様にため息をつくほどでした、と庄吾郎は言った。

「年の頃は？」

「よくは分かりませぬ。何しろ、私から見れば、大人の男としか。ただ、若かったように思います。そう、二十五か六といったところでしょうか」

(無情はんや)

と、すぐに思った。

「あんさんが、十の時て言わはると?」

「今から三十五年ほど前でしょうか」

間違いない。

(ほんまやったんや)

年を取ることなく、生き続けるという「不磨」……。さすがに、その言い分を頭から信じていた訳ではない。

(確かに、不思議な力は持ってはるようやけど……)

何より、無情の口から、実際「そうだ」と聞いた訳ではなかった。

ただ、喜三郎が無情と関わるようになってから、これまで経験したすべては、到底、通常では起こり得ないことばかりだった。むしろ、清韻の言葉を信じた方が納得できる。さらに、たった今、庄吾郎の言葉からも確信が持てた。

「それで、法師の語った話とは?」

そこに無情の謎の答えがきっとある筈だ。

「壇ノ浦の源平の合戦の後、一人の平氏の武士が、山の中へと逃げ込みました。兜《かぶと》はなく、髪は乱れ、手には一振りの抜き身の刀、血飛沫を浴びて真っ赤に染まった鎧姿で、ただひたすら戦場から落ち延びて行ったのです。思いはただ一つ」

生きたい、生き延びたい……。

元暦《げんりゃく》二年（一一八五年）三月二十四日、長門国壇ノ浦において、平氏は源氏に最後の決戦を挑み、敗走した。昼前に始まった戦闘は、日暮れ前には終わっていた。

――背中で聞くは、海の音。白く泡立つ波間には、次々呑まれる人ありて、胸は悲鳴に引き裂かれぇぇぇぇ。浜辺は地獄さながらに、刃に倒れた兵《つわもの》も、すでに幽鬼となりにけり。護る者も今はなく、向かう先は、敵ばかり。振るう刀も血に染まり、戻れば地獄、向かうも地獄。雨霰《あめあられ》と降りしきる、血飛沫を浴びた、その姿、もはや、人とは言えぬなりぃぃぃぃ……――

源氏の囲みを打ち破り、武士は山深く、逃げ延びた。だが、ついに力尽きて、生《お》い茂る草の中に倒れてしまった。

気がつくと、粗末な小屋の中に寝かされていた。武士を救ったのは、炭焼きの若者だった。

若者は、平氏の落ち武者と知りながら、傷の手当をし、武士を匿《かくま》ってくれた。そうして、半月が経つ頃には怪我も癒《い》え、武士は平穏な日々を過ごすようになっていた。

平氏が頼朝《よりとも》率いる源氏に押されるようになってから、苛烈な戦いが続いていた。戦場はしだいに西国の海に移り、屋島《やしま》の激戦を経て、ついに壇ノ浦まで退くことになった。九州はすでに源氏方に押えられていて、もはや、逃げ場はない。

頼みの綱の安徳帝の入水《じゅすい》によって、平氏はこの国で、行き場を完全に失ってしまった。

山中深くに身を隠したとはいえ、源氏による落ち武者狩りは続いていた。さらには、敗残兵を捕らえた者には褒賞を出すというお触れが出たことで、あちらこちらの村人たちは、皆色めき立った。

炭焼きの若者は、一人で山に籠って暮らしていた。めったに村に行くことはなく、落ち武者の存在も、他人に知られる心配はなかった。

ところが、ある日、村人がこぞって若者の小屋にやって来た。村人たちが連れていたのは、源氏の雑兵《ぞうひょう》の一団だった。

小屋に若者はいなかった。炭を売りに村に行くと言っていた。武士は戦うために、鎧と刀を取り出そうと隠し場所を探った。ところが、どちらも消えている。武士は若者に心を許していた。だが、村人等が源氏の兵と共にいたことで、若者が己を裏切り、武器を持ち去ったのだと思った。

決死の覚悟で小屋を飛び出した武士は、雑兵へと走り寄り、一人から刀を奪い取ると、身体が動くままに刀を振り、手当たりしだいに斬り結んでいった。

何人斬ったのか、分からなかった。何人殺したのかも……。兵ばかりではない。村人も斬った。

やがて、追っ手の姿は消えた。山の中を逃げ続けていた武士は、木立ちの間に倒れている、一人の兵の遺体を見つけた。鎧は平氏の物だ。だが、首が無い。落ち武者狩りに遭い、殺された上に首を奪われたのだろう。刀も無かった。戦利品として敵に奪われたのだ。

危うく己もこうなるところだった、そう思った武士は、かつての仲間の遺体を弔《とむら》ってやろうと考えた。だが、その遺体の腕を見た時、武士は殺された兵の正体を知ったのだ。

「その兵は、武士を助けた、炭焼きの若者であったのです」

庄吾郎はしみじみと語った。

若者は村で源氏の落ち武者狩りのことを聞いた。武士を逃がしたところで、源氏の追っ手から逃れられそうにない。

密かに鎧と刀を持ち出した若者は、平氏の武士に成りすまし、源氏の兵の前に現れた。

若者は、追っ手を武士のいる場所から遠くへ引き離すため、身代わりとなったのだ。

「兵の死体がその若者だと、どうして分かったんどすか。首が無かったんどっしゃろ？」

あまりにも真に迫る語り口に圧倒されながらも、喜三郎はようやくそう問いかけていた。

「若者の右腕には、火傷《やけど》の痕があったそうです」

庄吾郎は静かに言った。

「皮膚にできた引きつれが、八本の脚を広げた蜘蛛の形をしていたとか」

「蜘蛛、やて……」

喜三郎は思わず息を呑んだ。

――クモと呼ばれる男がいた――

――蜘蛛？　それが人の名前どすか――

――片腕に蜘蛛がいたゆえ……――

「それで、その後は、どうなったんどす？」

続きを急《せ》かす喜三郎に、庄吾郎は小さくかぶりを振ってこう答えた。

「琵琶法師の語りは、そこで終わりました。丁度、雨も上がり、暗かった御堂の破れた板壁の隙間から、日も差し込んでいました。父は良い語りを聞かせて貰った礼に、銭を渡そうとしたのですが、法師はなぜかそれを断ったのです」

——ここで出逢《でお》うたのも、宿縁です。宿縁とは、蜘蛛の巣に掛かった虫のようなもの。決して逃れることはできぬものです——

五年ほど前、父親が亡くなり、座頭を継いだ時だ。

「新しい芝居の出し物を考えていて、なぜか、その時のことが思い出されたのです」

そこで庄吾郎は、「壇ノ浦義兄弟の契り」として、戯作に仕立てた。

「話の内容は、あの琵琶法師が語ったのと、ほぼ同じです。最後は、兵が己と義兄弟の契りを交わした、若者であったことを知る場面です」

武士は号泣し、自刃《じじん》して果てる……。

「悲しい話どすな」

ぽつりと喜三郎は呟いた。

「琵琶法師の語りを聴いた時、一座の皆は涙を拭うておりました。子供だった私には、あまり分からなかったのですが……」

庄吾郎は少し気恥ずかしそうに笑った。

「その後、琵琶法師に逢うたことは？」

「それが一度も無いのです」

と、庄吾郎は首を傾げた。

「旅の途中、二度や三度は、同じ旅芝居と顔を合わせることもあるのですが」

「その琵琶法師に出逢うた一座は、他にあらしまへんか？」

庄吾郎はしばらく考えてから、こう言った。

「聞いてはいません。もう三十五年も経ってます。果たして、生きておられるのかどうか」

「他に、何か覚えてはりませんか？」

すると、庄吾郎は「そう言えば」と喜三郎をまっすぐに見た。

「御堂を出た後、私どもの一座は琵琶法師と別れたのですが……」

その頃、石見座には、出雲《いずも》で一緒になり、そのまま一座に加わった「歩き巫女《みこ》」がいた。

年は五十歳を超えていて、一人で旅をするのが心細くなっていたらしい。芝居の後、占いをすれば人々に喜ばれるとあって、一座にとっても損はなかった。

「その占卜《せんぼく》の婆《ばば》が、父に何やら話しているのを耳にしました」

――あの者は、到底生き人には思えぬ。魑魅《すだま》とは、あのような者を言うのではあるまいか――

「琵琶法師が語っている間、法師の身体には、何やら白い影のような物が纏わりついていたのだとか」

魑魅とは、山の岩や石、草木の霊魂のことらしい。山の精霊といったところなのだろう。

その白い影は、人の形をしていたという。髪は長く、女のようでもあり、男のようでもあり……。

「まるで愛しむように、法師を抱いていたのだそうです」

その話を聞いた庄吾郎は、背筋が凍るように冷たくなるのを感じたという。

「よほど怖ろしかったのでしょう。その出来事は長い間、すっかり忘れておりました。父の口からも、二度と語られることはありませんでした」

年月も経ち、琵琶法師とは二度と逢わなかった。生きているのかどうかすら分からない。

「今となっては怖れはありません。それで、法師の語りを芝居にしてみたのです」

「舞台で入り用の物があったら、何でも言うて下さい」

喜三郎はやっとの思いで庄吾郎にそう告げると、小笹屋を後にした。

(間違いあらへん。庄吾郎が出逢うた琵琶法師は、無情はんや)

法師が語ったという「壇ノ浦」は、無情自身の真《まこと》の話のように思えた。

妙音寺に戻る道すがら、喜三郎の頭の中では、庄吾郎から聞かされた話が、渦を巻いて回っている。

（せや、蜘蛛手切りや）

秋山透弥が妙音寺に置いていった、祟刀だ。

（無情はんは、あの刀が主の許に戻ったと言うてはった）

どう考えても、刀の主は無情だ。刀は身代わりとなって命を落とした、炭焼きの若者が持っていた。若者を平氏の武士と思い、首と刀を奪った源氏の兵が、秋山透弥の先祖、小平太だとしたら？

小平太は、刀に「蜘蛛手切り」と銘を付け、一族の宝刀にした。その名の謂《いわ》れは、殺した武士の腕に、蜘蛛の形の火傷の痕があったからだ。

喜三郎は歩みを止めると、左の手で右腕を摑んだ。巻き付けた晒しの下には、蜘蛛形の痣がある。

――とうに亡《の》うなった人の中に、逢いたいお人でもいてはるんどすか――

生まれ変わりというものが本当にあるのかどうか、無情に尋ねた時のことを、喜三郎は思い出していた。

――無情はんにとって、大切なお人どすか――

（もし、このわてが、その炭焼きの男の生まれ変わりやったとしたら……？）

無情が平氏の落ち武者で、あの蜘蛛手切りの本来の持ち主だとしたら？

何やら胸騒ぎがする。喜三郎は妙音寺への道を急いだ。


妙音寺の本堂に明かりが灯っている。扉が開いていて、無情が座っているのが見えた。無情の琵琶が境内を渡る夕風に乗って聞こえてくる。無情は、立てた琵琶を抱えるようにして、指で弦を掻き鳴らしていた。

そうしていると、琵琶が人のようにも見える。いや、むしろ、琵琶が無情を抱き締めているような気がした。喜三郎は占卜の婆が見たという、白い人影のことを思い出した。

喜三郎は本堂の正面の階を上っていった。無情は薬師如来の前にいた。その姿は、まるで、仏に琵琶を聞かせているかのようだった。

「わての宿縁について、話して貰えまへんやろか」

喜三郎は無情の傍らに正座した。ちらりと視線を仏前にやる。そこには、あの「蜘蛛手切り」が置かれていた。

「その刀のことも、聞きとうおます」

喜三郎は、無情をしっかりと見据えた。

「今日、『石見座』て旅芝居の一座が鴻鵠楼に来はって、月灯会で芝居を打つことになりました。先ほど、座頭の庄吾郎はんから、芝居の出し物の内容を聞かせて貰《もろ》うたところどす。『壇ノ浦義兄弟の契り』。元の話は、庄吾郎はんが、旅の途中で出逢《お》うた琵琶法師の語りやとか」

喜三郎は無情の様子をそっと窺ったが、相変わらず、その顔にはさざ波ほどの揺らぎもない。

「琵琶法師の年恰好、風体、聞けば聞くほど、無情はんによう似てはるんどす。無情はんが年を取らへん『不磨』やてことは、清韻和尚から聞かされています。そうなると、庄吾郎はんが逢うた法師は無情はんで、語った話は、無情はん自身のことやないか、て、わては思うんどすけど、間違《まちご》うてはいいひんのと違いますか」

喜三郎は一息に言ってのけた。よほど緊張していたのか、何やら呼吸が苦しい。

喜三郎は肩で大きく息をしながら、無情の反応を待った。

ビイイィンと、無情の指が弦を爪弾《つまび》いた。それを最後に音は止む。

「それを、今、聞きたいのか？」

無情が尋ねた。

「へえ、ぜひ、聞きとうおます」

喜三郎は大きく頷いた。

「わてが、昔の無情はんを助けたていう、炭焼きの男の生まれ変わりかどうかも、知りとうおます」

「人にも、自然のあらゆる生き物にも霊魂はある。私はそれを見るだけだ」

無情はおもむろに言った。

「人が死んだ後、どこへ行くのか、また魂が再び生まれ変わって、この世に戻ってくるのかは……」

「分からぬ」と言うように、無情は静かにかぶりを振った。

「せやけど、わてのこの腕の蜘蛛の痣は？　無情はんの身代わりになった男にも、同じ形の火傷の痕があったんどっしゃろ？　無情はんとは、わてが子供の頃に一度逢うてる。その時に、わてがそのお人の生まれ変わりやないか、て、気づいてたんと違いますか？」

無情の口ぶりはなんだか煮え切らない。はっきりとした答えが欲しいと思う反面、そう考える自分の胸の内がよく分からなくなっていた。

「わての痣を宿縁やて言うたのは、無情はんや。庄吾郎はんにも、蜘蛛の巣に掛かった虫や、とかなんとか……。決して、逃れられないんや、とも」

最後はぶつぶつと小声になる。今の自分の頭が、尋常ではないような気がしていた。

「そなたがあの男の生まれ変わりであるなら、私と宿縁がある。私はクモと再び逢う日を、五百年もの長い間待っていたからな」

「クモていうのんが、炭焼きの男の呼び名どすな」

——片腕に蜘蛛がいたゆえ……——

吉次郎の描いた緞帳を眺めながら、無情はそう言ったのだ。

「ほんまのことを言うたら、わても『生まれ変わり』なんぞは信じてまへん。『極楽』も『地獄』もそうどす。寺の坊さんが、わてみたいな、やんちゃな子供を躾《しつ》けるために作った話や、て、そない思うてます。せやけど、お母はんのことを考えたら、魂がまたこの世に戻ってきてもええんやないか、て、そない思えるんどす。たとえ、もう、それがお母はんやのうても、わてのことが分からんでも、それでもええんやないか、て……」

喜三郎は胸の奥から込み上げてくるものを感じながら、さらに言葉を続けた。

「わてと無情はんが出逢うたのには、何か意味があるんと違いますか」

宿縁の蜘蛛の巣に捕らわれた虫は、決して逃げることはできない……。

無情は無言になった。その目がどこか遠くを見つめている。急に訪れた静けさの中、喜三郎は辛抱強く、無情の次の言葉を待っていた。

「あの男は……」

しばらくして、無情はやっと口を開いた。

「幸せだと言ったのだ」

深手を負いながらも逃げ続け、山中深くに逃げ込んだ無情は、ついに力尽きて倒れた。気がついた時、彼は狭い小屋の囲炉裏《いろり》の側に寝かされていた。

「二十歳前の若い男であった。一人で炭焼きをして活計《たつき》を得ていた」

日焼けした肌に、白い歯が目立つ。実際、若者はよく笑った。

親を亡くしてからは、一人で暮らしていると言った。炭を売りに村へ行く時を除いては、人に逢うこともほとんど無い生活だった。

名を尋ねると、「クモ」と答えた。親の付けた名前もあるが、村人は「クモ」としか呼ばないので、いつしかそれが通り名になった。

クモは薬草にも詳しく、そのお陰で無情は命を取りとめた。

貧しい暮らしぶりであったが、若者はなぜか幸せそうだった。無情には、その理由が分からなかった。

「私は平氏の傍流の生まれだ。本家を守ることがすべてだった」

治承《じしょう》四年（一一八〇年）五月、源頼政《みなもとのよりまさ》が反乱の狼煙《のろし》を上げ、八月には源頼朝が挙兵した。その頃から、無情は戦乱の渦に翻弄された。

「五年後の元暦二年、海上戦の最後の地が壇ノ浦であった。平氏は敗戦し、多くの将兵が自ら入水し、命を断っていくのを、私は目の当たりにした」

　最初は平家一門のために戦った。戦闘が続く内に、徐々に家門への思いは消え、ただ己が生き延びるために戦うようになった。平氏で在る限り、負ければ死が待っていた。

「生き残るためには、人の命を奪わねばならない。刃を振るい、矢を放ち、敵が倒れれば、私は生きられる」

　他人の死によって己が生かされる。それが戦場の理《ことわり》だ。戦に負けたぐらいで自ら命を捨てるなど、無情には考えられなかった。

「あれが地獄であったと、後から思うた。地獄はあの世ではなく、この世にあるのだ、と」

　だが、クモと出逢ったことで、無情の思いは変わった。

「あの男との暮らしは、実に平穏なものであった」

　木《き》を伐り、窯《かま》の中に並べ、火を燃やす。炎の扱いが難しい、とクモは言った。子供の頃、父親と炭を焼いていて、腕に火傷を負ったのだという。

「火傷の痕が、蜘蛛の形をしていた」

　火傷は、母親が薬草を取ってきて治してくれた。痕は残ったが、見る度に、優しかった母親を思い出すとクモは笑った。

「ある日、クモは私に言った」

村に心を通わせる娘がいる。村長《むらおさ》の娘だった。夫婦になる約束を交わしていたが、今はまだ娘の親の許しが得られないのだ、とも。

——懸命に働いて銭を稼げば、いずれは許してくれるだろう。夫婦になって、二人で炭を焼きながら子供を育て、毎日を楽しく暮らす。それが俺の夢だ——

——ただ、それだけか？——

無情はすっかり呆れて尋ねた。あまりにも、ありきたりだと思った。

——それで充分だ——

と、クモは朗らかに答えた。

「あの男は『極楽』に生きていた。私が『地獄』をはいずり回っていた間……」

そう言って、無情は改めて喜三郎の顔を見た。

「『地獄』も『極楽』も人の心の持ちようで決められる。そうは思わぬか？」

「思います」

喜三郎は即座に答えた。

「無情はんは、そのクモて人といてた時が、『極楽』どしたんやな」

「そうだ」と無情は頷いた。

無情がクモの所にいた間も、落ち武者狩りは続き、村という村にはすでにお触れも出ていた。

平氏の残兵を見つけた者には褒美を与える。捕らえた者には、それ以上の褒賞が出た。その代わり、匿った者は死罪にすると言う。

「村人が源氏の兵を連れてやって来た時、すぐにクモが知らせたのだと思った」

戦おうにも、薪《たきぎ》小屋に隠してあった鎧も刀も無くなっていた。無情は敵の中に飛び込み、己の活路を見出すしかなかった。

村人も源氏の兵も斬り伏せ、再び逃げ延びた無情が見たものは、クモの無残な死体であった。クモは無情の鎧を身に着け、身代わりになったのだ。

「首が無くとも、腕には蜘蛛の火傷の痕があった」

溢れる涙を拭うこともせず、無情はクモに問い続けた。

――何ゆえ、己の夢を捨てたのだ――

「私を捕らえれば良かった。褒美も貰える。娘の親も、夫婦になるのを許してくれただろう」

答えが返ってくる筈もなかった。ただ、風が侘《わび》しく通り過ぎる中、己の嗚咽《おえつ》だけが虚しく聞こえていた。

その時だった。どこからか琵琶の音が流れてきた。

音の主を探して、視線を向けた先に琵琶があった。琵琶は叢《くさむら》の岩に立て掛けられていた。無情は心の臓が止まるかと思った。それまで、すっかり忘れていた記憶が蘇ったのだ。

「壇ノ浦から山へと逃げる途中、追っ手の兵と見間違え、私は旅の法師を斬った」

法師は琵琶を背に負っていた。

「己が生き延びるのに必死のあまり、敵かどうかも見極める余裕がなかった」

残酷なことをしたとは思わなかった。手負いの落ち武者と行き合った、琵琶法師が不運であっただけだ。

「琵琶はその法師の物だった。遺体の側に残してきた筈の琵琶が、目の前にある」

弦が風を受けて鳴っているのか、法師の霊が、弾いているのか……。

目を凝らしていると、突然、両目が火に焼かれるように熱くなった。しばらくの間、両目を閉じていると、やがて痛みは去った。

「再び目を開けると、琵琶を奏でている者の姿が見えたのだ」

白い衣を着た、長い白髪の、男とも女ともつかぬ人物だった。

――そなたのせいで、我は半身を失《うしの》うた――

――何者だ？　人か、魔か。魑魅魍魎《ちみもうりょう》の類《たぐい》なのか……――

――我はただの琵琶。人の感情とは無縁じゃ。あの半身とも、三百年付き合《お》うて、そろそろ終わりが近づいておった。ゆえに、そなたに恨みはない――

――恨んでおらぬならば、何ゆえ現れた――

――我を手に取れば、その者の魂を呼んでやろう。そなたのために命を落とした男の、最期の思いを、聞いてやりたいとは思わぬか――

「未練を残したままでは、霊魂は永遠にさ迷い続ける。琵琶の霊は私にそう言うた」

琵琶の霊の姿を、庄吾郎の一座の婆は見たと言っていた。

「せやったら、無情はんは、その琵琶に取り憑かれてはるんどすな」

「私とこの琵琶は、もはや一体だ。琵琶は魂を呼ぶが、時に人の命をも吸い取る。私は琵琶から命を得て『不磨』となった。私は他人とは長くは関われぬ。人の情を断って生きるゆえ、『無情』と名乗るようになった」

「ほな、ほんまのお名前は？」

「平《たいらの》……」

と言いかけて、無情は小さく笑った。

「あまりにも遠い昔ゆえ、名前は忘れた」

無情は琵琶を取った。すると、目の前にあのクモが現れた。クモは笑っていた。日に焼けた肌に白い歯を見せて……。

――何ゆえ、私の身代わりになどなったのだ？――

無情は尋ねた。

——あなたには、幸せでいて欲しかった。俺は、もう充分に幸福であったから——

「ここはまるで極楽のようだ、と、私はクモに言ったことがある。『ならば、ずっとここにおれば良い』と、その時、クモは言ったのだ」

——あなたにとって、戦の無い場所が極楽なら、それを守ってやりたかった。落ち武者狩りを知らせ、あなたを逃がしたところで、地獄はどこまでも追ってくるだろう。あの刀があれば……——

伯耆国《ほうきのくに》の名工、安綱《やすつな》の打った刀……。鞘を失ったとはいえ、鍔《つば》に家門の意匠が入った刀は、平氏でもそれなりの地位のある武士の証しに思えた。逃げきれず、源氏の兵に捕らえられたとしても、この刀があれば誰しも平氏だと疑わないだろう。クモはそう考えたのだ。

クモは最後にこう言った。

——どうか、村人を恨まないで欲しい。あなたのことを父親に知らせたあの娘は、あなたを匿った俺が、罰せられると案じただけなのだ。どうか、俺に免じて許して欲しい——

——分かった。誰も恨まぬ。それゆえ、安心してあの世へ旅立つのだ——

無情の言葉に、クモは笑みをその顔に浮かべて姿を消した。

「せやけど」と、喜三郎は首を傾げた。

「無情はんは、その時にはもう……」

無情はすでに村人の大半を殺していた。その中には、村長とあの娘もいた。

「約束は、もはや意味をなさなかった」

無情は声音を落として言った。

「私は己が生きるために、多くの人の命を奪った上に、クモを裏切った。私が『不磨』となったのは、その罪を償うためだ。琵琶は私にこう言った」

――この世には、未練の鎖に捕らわれ、行き場を見失《みうしの》うた多くの霊魂がいる。それを鎮めれば、いずれはそなたの罪も許されるであろう――

――いずれ、とは、いつだ。それまで、私はどうなるのだ？――

――そなたが、再び、逢いたいと願う者が現れるまでだ。それまで、そなたは年も取らずこの世に生き続ける、不磨の存在となる――

「ほな、わてがクモの生まれ変わりやったら、無情はんはどないなるんどす？」

「それは、その時に分かる」

其の三　月灯会

八月十五日、夕刻を待って、鴻鵠楼の表門は開いた。客は、早くから小屋の前に行列を作り、お陰で小笹屋は大盛況だった。

木戸番の芳蔵は、銭入れの箱を抱え、入り口に立った。

客席に座った人々の目を、最初に惹きつけたのは、やはり、あの蜘蛛の意匠の緞帳であった。

「これはまた、大胆な……」

「ほう、多嘉良屋さんか……」

「蜘蛛とは、えろう洒落てはりますなあ」

感心したような声があちこちから聞こえた。

始まりを知らせる鳴り物と共に、幕が上がった。舞台の真ん中に座った喜三郎は、鴻鵠楼の再開を告げるに当たって、亡き茂兵衛の想いを語った。

「少しでも多くの人を楽しませ、幸せになって貰いたい。それが茂兵衛さんの鴻鵠の志でありました。鴻鵠楼は矢倉芝居には遥かに劣る、小さな芝居小屋ではありますが、皆々様が一時《いっとき》の夢を見、または夢に遊べる場所として、後々まで御愛顧いただけるよう、懸命に努めてまいる所存にございます。今宵の月灯会は、皆様に日頃の御恩を返すため、また、皆様が息災な日々を過ごせるよう、天空の月に祈る気持ちで、開かせていただきました。心行くまでお楽しみいただければ、幸いと存じまする」

深々と頭を下げる喜三郎の背後で、静かな笛や太鼓、小太鼓の音が流れ出し、石見座の娘や若衆等の神楽舞いが始まった。

白を基調とした衣装で舞うその姿は、どこか荘厳《そうごん》にも見え、鴻鵠楼の再開に、むしろ相応しく思えたのだった。

(茂兵衛さん、見てはりまっか)

舞台の袖で、喜三郎は茂兵衛に語りかけていた。

(見てはるんやったら、これからの鴻鵠楼が人気の芝居小屋になるよう、見守っていておくれやす)

「よう気張らはりましたなあ」

その時、千夜がそっと声をかけてきた。

「客席も舞台も、こないに立派に設《しつら》えはって。喜三ぼんの大手柄どすわ」

千夜はそう言うと、花が開いたように笑った。

「神楽舞い」の次は、無情の琵琶語りだった。

「恋路の果て」は、男女の恋情を、「子返しの辻」は、母親の情を謳い、奏でる。

多嘉良屋で用意した、赤色の小袖を身に纏《まと》い、琵琶を抱いて座る無情の姿は、黒御簾越しのためか、さらに妖艶さが増していた。

高く低く、細く太く……。鳴り渡る琵琶の音に、時に震えるほど繊細に、時に雷鳴のごとく、無情の声が滔々《とうとう》と響く。皆は魅入られたように聞き入り、胸をえぐられるような思いに涙していた。

終わった後、しばらくは咳《しわぶき》一つ聞こえなかった。やがて誰かが思い出したように歓声を上げ、それが波となって押し寄せてきた時には、すでに無情の姿は舞台から消えていた。客席に向かって頭一つ下げない。

（無情はんらしいわ）

喜三郎は目元の涙を拭いながら、苦笑した。

最後は石見座の芝居だ。これは明かりの使い分けが難しい。喜三郎は二階へ上がると、提灯の側に待機した。芳蔵と辰吉もいた。

場面ごとに、明かりの数と位置が替わる。三人で念入りに打ち合わせをしてあったが、気が抜けなかった。

舞台は滞《とどこお》りなく進んでいく。だが、終盤に差しかかるにつれ、喜三郎は奇妙な感覚に陥っていた。

ふと気づくと、自分が山の中にいる。春先の風を頬に感じた。萌え始めた草木の匂いも、鼻先に漂っている。

舞台での台詞《せりふ》回しも、立ち回りの音も聞こえてはいるが、どこか遠い出来事のような気がした。全身をすっぽりと透明な布で覆われたように、何もかもが異質だった。

ふいに眩暈《めまい》がして、身体がぐらりと傾いた。

「危ないっ」

辰吉の声がして、両肩を摑まれた。

「危のうおます。落ちたらえらいことや」

辰吉に言われて、喜三郎は強くかぶりを振った。

頭の中では、見た覚えのない景色が次々と現れては消え、男の声が耳の奥で響いている。

——私は、屋島の戦いで弟を失った——

無情の声だった。

——弟は敵の矢を受け、船から落ちたのだ——

助けようと咄嗟に伸ばした無情の手を、弟は振り払った。

——兄上は生き延びて下さい。我が家の血筋を絶やさぬよう。そう言って、弟は海の底へと消えて行った――

――ならば、俺があなたの弟になる――

驚いたことに、そう言ったのは、喜三郎だ。

(いや、違う。これはクモの言葉や)

――今日から俺たちは、兄と弟だ――

(これは、芝居の中の言葉なんやろうか……)

芝居は今も続いている。だが、武士に実の弟がいたという場面はない。

咄嗟に喜三郎は階段を駆け下りた。客席の横をすり抜け、舞台裏へ向かう。だが、どこにも無情の姿はなかった。

楽屋を一つ一つ覗いてみたが、やはりいない。

「無情はんやったら、寺へ帰ったえ」

清韻の声がした。清韻の顔は、何かを覚悟しているかのように真剣だった。

「きっと、お前を待っとる筈や」

喜三郎はその言葉が終わるのも待たずに、裏口から走り出ていた。

妙音寺に帰り着くや否や、喜三郎は本堂に向かった。思った通り、無情はそこにいた。

「無情はんっ」

喜三郎はハアハアと荒い息を吐きながら言った。

「弟がいたんと違いますか？　そのお人は、屋島合戦で亡くなってはる。海に落ちて……」

（なんでわては、こないなことを……）

自分で自分が分からなくなる。

「思い出したのか」

そう言って、無情は喜三郎を振り返った。

「それはクモの記憶だ。弟がいたことは、クモにしか話しておらぬ」

無情は、喜三郎の右腕を取った。晒しを取ると、そこには赤黒い蜘蛛が現れた。

「クモの本当の名前は、斗市《といち》と言った」

無情は蜘蛛の痣をそっと撫《な》でた。

「私はやっと斗市に逢えた」

無情の頬を涙が伝っていた。

「新たな生を受けた斗市は、今、幸せに暮らしている。もう思い残すことはない」

「何を言うてはるんどす？」

喜三郎は強くかぶりを振った。

「私はそなたに逢いたかったのだ」

「わてに逢《お》うたら無情はんは……」

（確か、逢いたいと願う者が現れるまで不磨になる、て言うてはった）

「私の生が終わる」

無情は仏前の蜘蛛手切りを手に取ると、おもむろに鞘を払った。

「刀を見よ」

無情に言われ、喜三郎は視線を刀に向けた。

刀身に錆《さび》が浮いている。錆は見る見る内に広がり、やがて、刀はボロボロと崩れ始めた。

「私は、この刀と共に終わる。そなたも刀も、私にとっては蜘蛛の宿縁だった」

「終わるて、何を言うてはるんどすか」

刀はついに形を失い、無情の手から消えてしまった。その無情もまた、髪は真っ白に変わり、その姿は透けるように薄くなっている。

喜三郎は思わず無情の腕に手を伸ばした。だが、手は虚しく空気を摑むばかりだ。

「頼みがある」と、無情は最後に言った。

「なんどすか？」

喜三郎は涙に濡れた目を無情に向けた。その最期の姿を胸に刻みたいのに、どうしても、霞《かす》んでよく見えない。

「琵琶を燃やしてくれ」

そう無情は言った。

「私がいなくなれば、琵琶の霊は再び己の半身を捜すだろう。いったん琵琶に囚われれば、死とは無縁の身体になってしまう」

「よう分かりました。必ず始末しますよって……」

喜三郎は涙を拭って頷いた。

最後に見たのは、無情のどこか満足そうな顔だった。すでに消えかかっていて、はっきりとはしなかったが、喜三郎にはなぜかそう思えたのだ。

こうして、無情は刀と共に消えた。残されたのは、無情が着ていた緋衣と、あの琵琶だけだ。

本堂で喜三郎が茫然と立ち尽くしていると、清韻が戻ってきた。

清韻は一蝶堂の酒の徳利を携えていた。

「月灯会は、無事に終わったえ。今は酒盛りの真っ最中や」

清韻は喜三郎が手にしている緋衣に目をやり、「逝ったんやな」と呟いた。

「知ってはったんどすか？」

咎《とが》めるように喜三郎は聞いた。知っているなら、なぜ、教えてくれなかったのだと言いたかったが、たとえ聞かされても、信じることができたかどうか自信はなかった。

「蜘蛛が消えたな」

清韻に言われ、喜三郎は慌てて己の右腕を見た。驚いたことに、蜘蛛の痣が綺麗になくなっている。

「お前の宿縁はのうなった」

清韻はにこりと笑った。

そう言われると、むしろ痣が消えてしまったことが寂しく思えた。

「琵琶を燃やせ、て言うてはりました」

喜三郎の言葉に、清韻は頷いた。

「その方がええやろ」

清韻はすぐさま琵琶を取り上げようとする。

「せやけど、それに触れると命を吸われる、て、無情はんには言われています」

すると、清韻は「安心せえ」と言った。

「わしの命なんぞ、どうせ残り少ない。いずれ、あの世で無情はんに逢えると思うたら、楽しみなことや」

「どうせ、二人で酒でも飲むつもりなんどすやろ」

　喜三郎の軽口に、清韻は顔を歪めた。本当は泣きたいのだろう、と喜三郎は思った。


　それからひと月あまり後、四条河原以外に小屋を立てる小芝居は、宮地芝居も含め、すべての興行を禁止された。祇園社の傍らに在りながら、四条通から離れていたという理由で、鴻鵠楼もその対象になった。

　元々鴻鵠楼は、小屋掛けというには立派な外観であったことや、二階桟敷こそ無かったが、板敷きの床や矢倉芝居を真似た枡席を持ち、さらに油紙を客席の屋根代わりにしていたこともあって、奉行所からは、すでに目を付けられていたようだ。

　正徳五年（一七一五年）の春、一蝶堂が新たに売り出した新酒、「鴻鵠の夢」が、再び京、大坂で評判を呼んだ。千夜は、所司代や奉行所に勤める役人の妻女を招いて宴を催し、「鴻鵠の夢」を振舞った。

　千夜の口からは、鴻鵠楼に込められた茂兵衛の想いが語られた。芝居小屋は、老若男女が、現世の憂さを忘れて、幸せな一時を過ごす場所だ。高い木戸銭の矢倉芝居には、到底入れない者も、小芝居の小屋ならば気軽に行ける。

　そのささやかな楽しみを奪わぬよう、どうか、御夫君に働きかけて欲しい。

――これも世のため人のため。いずれは極楽浄土へと続く道。芝居が人のためならば、その幸せを奪《うば》うては、閻魔様も怒りましょう――

どこか芝居掛かった口上が、果たして、功を奏したのかどうかは、分からない。

翌年、禁制が解かれた時、小芝居の客席にも屋根を付けることが、正式に許されたのだ。

終幕

さきほどから、お稲が何度もこちらの様子を窺っている。喜三郎が湯飲みを二つ頼んだのが、よほど気になるようだ。

「そうか、あの芝居は、お前の祈りか……」

吉次郎は、どこか満足そうに頷いた。

「その祈りが届くとええなあ」

そう言って、吉次郎は音もなくすうっと立ち上がった。結局、酒の湯飲みには手を付けないままだ。

「兄《あに》さん、もう行かはるんどすか」

まだ早《はよ》うおます、と、喜三郎は兄を留めようとする。

「お前の新しい芝居も見られたし、そろそろ潮時やろ」

確かに、あの日から、もう一年が経っていた。

「なんや、そないな顔をして……」

慰めるように、吉次郎が手を伸ばしてくる。指先が喜三郎の頰に触れたが、それはかすかな風のそよぎでしかなかった。

「兄さん、ほんまになんで、こないなことに……」

言いたくなかった言葉が、つい口から出そうになる。

一年前の七月、吉次郎は流行《はや》りの風病に罹《かか》って、あまりにも呆気なくこの世を去った。仕事が立て込み、徹夜仕事が続いたことで無理が祟《たた》ったのだ、と医者に言われた。

それ以来、父親の富之助はすっかり気落ちしてしまい、未だに寝たり起きたりの生活が続いている。

「寿命やったんや。どないしょうもあらへん」

吉次郎は諭すように言った。

「せやけどな。お前の望みが叶えば、また逢えるやろ」

生生世世《しょうじょうせぜ》の風が吹けば……。

「わてらは、また兄弟になれますやろか」

すると、吉次郎はこう言った。

「その時は、俺が弟や。せやさかい、お前は俺の世話をするんやで、ええな」

「へえ、しっかり面倒を見させて貰います」

喜三郎が応じると、吉次郎は風のようにふわりと笑った。

その時、一人の女が喜三郎を呼びに来た。

「あんさん、ここにいてましたんか」

見ると、女房の千夜だ。

享保元年（一七一六年）の秋、喜三郎と千夜は夫婦になった。千夜は粘りに粘って、ついに宗太郎に店を継がせることを、父親に承諾させた。喜三郎は、しっかり者の年上女房に頭が上がらなかったが、鴻鵠楼を繁盛させたいと言う同じ思いが、二人を結びつけたのだ。

今では戯作者としての世間での評判も高くなり、二人の子供にも恵まれ、喜三郎は、充実した日々を送っていた。

「舞台に出たいてお人が、訪ねて来てはるんどす」

「役者か？　見世物か」

「それが琵琶の語りやそうどす」

琵琶、と聞いて、喜三郎は思わず立ち上がった。

「平曲か」と尋ねると、千夜はかぶりを振る。

「なんや、平曲はやらへんとか」

「ほな、平家琵琶やないんやな」

喜三郎はなんとなく胸が波立つのを覚え、急いで鴻鵠楼へと戻った。

鴻鵠楼の表の入り口で、長い髪をした、一人の若者が待っていた。手には琵琶を携えている。年は十六、七ぐらいだろうか。物珍しそうに、鴻鵠楼の建物を見上げていた。

若者は喜三郎に気づいたのか、ゆっくりと振り返った。

一日たりとも忘れたことのない顔が、そこにあった。

――人は、死んでも生まれ変われるもんなんどすやろか？――

――そうであって欲しいと願《ねご》うている――

かつて無情と交わした言葉が、喜三郎の脳裏に蘇る。

「時波を、越えて寄せくる海鳴りは、生生世世と響くなり……」

客寄せの口上が、風に乗って流れていた。

「……帰りきたれと呼びかける、生生世世の風の声……」

(風が吹いたんや)

生生世世の風が……。

そう思った途端、目頭が熱くなり、喜三郎は慌てて空を仰いだ。

――お前の祈りが、通じたやないか――

吉次郎の声が聞こえた気がした。

本書は、書き下ろし作品です。

著者紹介

三好昌子（みよし　あきこ）
1958年、岡山県生まれ。嵯峨美術短期大学洋画専攻科卒業。『京の縁結び 縁見屋の娘』で第15回『このミステリーがすごい！』大賞優秀賞を受賞。
著書に『室町妖異伝 あやかしの絵師奇譚』『幽玄の絵師 百鬼遊行絵巻』『むじな屋語蔵 世迷い蝶次』『狂花一輪 京に消えた絵師』『群青の闇 薄明の絵師』『京の縁結び 縁見屋と運命の子』『鬼呼の庭 お紗代夢幻草紙』などがある。

ＰＨＰ文芸文庫　無情の琵琶
戯作者《げさくしや》喜三郎覚え書

2023年９月21日　第１版第１刷

著　者	三　好　昌　子
発行者	永　田　貴　之
発行所	株式会社ＰＨＰ研究所

東京本部　〒135-8137　江東区豊洲5-6-52
文化事業部　☎03-3520-9620（編集）
普及部　☎03-3520-9630（販売）
京都本部　〒601-8411　京都市南区西九条北ノ内町11

PHP INTERFACE　https://www.php.co.jp/

組　版	株式会社PHPエディターズ・グループ
印刷所	図書印刷株式会社
製本所	東京美術紙工協業組合

© Akiko Miyoshi 2023 Printed in Japan
ISBN978-4-569-90349-1
※本書の無断複製（コピー・スキャン・デジタル化等）は著作権法で認められた場合を除き、禁じられています。また、本書を代行業者等に依頼してスキャンやデジタル化することは、いかなる場合でも認められておりません。
※落丁・乱丁本の場合は弊社制作管理部（☎03-3520-9626）へご連絡下さい。送料弊社負担にてお取り替えいたします。

PHP文芸文庫

鬼呼《おによび》の庭

お紗代夢幻草紙

三好昌子 著

庭に潜むあやしいもの、悲しい事件、残された想い……。庭師の娘がそれらの謎を優しく解いてゆく。感動の書き下ろし時代小説。

PHP文芸文庫

仇《かたき》持ち

町医・栗山庵の弟子日録（一）

知野みさき 著

兄の復讐のため、江戸に出てきた凜。仇に近づく手段として、凄腕の町医者・千歳の助手となるが――。人情時代小説シリーズ第一弾！

PHP文芸文庫

まいない節

献残屋佐吉御用帖

山本一力 著

私腹を肥やす役人、許すべからず——。献上品を買い取り転売する献残屋の佐吉が、不正を働く奉行所の役人に立ち向かう痛快人情小説。

PHP文芸文庫

きたきた捕物帖

宮部みゆき 著

著者が生涯書き続けたいと願う新シリーズ第一巻の文庫化。北一と喜多次という「きたきた」コンビが力をあわせ事件を解決する捕物帖。

PHPの「小説・エッセイ」月刊文庫

『文蔵』

年10回（月の中旬）発売　文庫判並製（書籍扱い）　全国書店にて発売中

◆ミステリ、時代小説、恋愛小説、経済小説等、幅広いジャンルの小説やエッセイを通じて、人間を楽しみ、味わい、考える。
◆文庫判なので、携帯しやすく、短時間で「感動・発見・楽しみ」に出会える。
◆読む人の新たな著者・本と出会う「かけはし」となるべく、話題の著者へのインタビュー、話題作の読書ガイドといった特集企画も充実！

詳しくは、PHP研究所ホームページの「文蔵」コーナー（https://www.php.co.jp/bunzo/）をご覧ください。

文蔵とは……文庫は、和語で「ふみくら」とよまれ、書物を納めておく蔵を意味しました。文の蔵、それを音読みにして「ぶんぞう」。様々な個性あふれる「文」が詰まった媒体でありたいとの願いを込めています。